晚明诗人程嘉燧诗歌创作及理论研究

WANMINGSHIRENCHENGJIASUI
SHIGE CHUANGZUO JI LILUN YANJIU

黄凌云 著

全国百佳图书出版单位
时代出版传媒股份有限公司
黄山书社

图书在版编目(CIP)数据

晚明诗人程嘉燧诗歌创作及理论研究 / 黄凌云著.
—合肥:黄山书社,2022.9

ISBN 978-7-5737-0215-9

Ⅰ.①晚… Ⅱ.①黄… Ⅲ.①程嘉燧-诗歌创作-诗歌研究 Ⅳ.①I207.227

中国版本图书馆 CIP 数据核字(2022)第 109960 号

晚明诗人程嘉燧诗歌创作及理论研究
WANMING SHIREN CHENGJIASUI SHIGE CHUANGZUO JI LILUN YANJIU
黄凌云 著

出品人 贾兴权
责任编辑 向 焱
责任印制 李 磊
装帧设计 熙宇文化
出版发行 黄山书社(http://www.hspress.cn)
地址邮编 安徽省合肥市蜀山区翡翠路 1118 号出版传媒广场 7 层 230071
印 刷 合肥华苑印刷包装有限公司
版 次 2022 年 9 月第 1 版
印 次 2022 年 9 月第 1 次印刷
开 本 880mm×1230mm 1/32
字 数 180 千字
印 张 5.875
书 号 ISBN 978-7-5737-0215-9
定 价 50.00 元

服务热线 0551-63533706
销售热线 0551-63533761
官方直营书店(https://hsss.tmall.com)

序

文学史演进的长河群星璀璨，除了有巨擘大家引领风气外，也凝聚了其他许多文人的共同努力，这些正史上着墨寥寥的文人士子，往往也有着动人心魄的人生际遇和文学历程。在明末清初的诗风转变中，程嘉燧就是这样一位名不彰著却产生过一定影响的人物。

程嘉燧，安徽歙县长翰山人（今天的黄山市徽州区翰山村人），长翰山与休宁县毗邻，后世文献多误以程嘉燧为休宁人。程嘉燧是徽商之后，侨居异地，二十岁科举落第。其后，如果白描其一生，“诗、书、画、酒”四个字应该比较精当。此外，程嘉燧还是一位出色的旅行家，如果将其行迹入画，可作一幅布衣文士的水墨游踪图，而且其山水游踪有着特定的地域圈，即以今天的长三角地区为版图，嘉定、昆山、常熟、南京等地皆是其活动中心。40 岁以后，程嘉燧游踪渐歇，晚年更是归隐家乡长翰山下。对于程嘉燧而言，山水之游在其艺术生命中不可或缺，名山大川、山巅水涯足以涤荡胸怀，而五方谣俗、方言物产，更能发人才情、一新耳目。

按照今人的眼光，程嘉燧是一位不可多得的复合型人才，诗文书画音律全能，而且都具有很高的艺术造诣。他精于诗文，诗歌风流典雅，娟秀少尘，尤长于七律。他的诗歌创作侧重于对个人经历的记录，一生所遭际的家事国事、大事小事、悲事乐事，均能入诗。

此外他还创作了大量的优秀山水行旅诗，在流派纷呈的晚明诗坛可谓独树一帜。钱谦益尊称他为“松圆诗老”“一代诗宗”，宋荦评价他：“明末新安二布衣，一为程嘉燧孟阳，一为吴兆非熊，皆以诗名。”程嘉燧还是一位文学理论家，他立足于辨析源流，追求创新和个性，意在打破“前后七子”和竟陵派的复古局限，认为一代有一代的文学。钱谦益称：“孟阳好论古人之诗……听之者心花怒放，背汗交浃，快矣哉，古未有也！”此外，程嘉燧也是新安画派的先驱，擅长山水花卉，善作松烟黑墨，他的画沉静恬淡、思致遒劲，李流芳评价：“闲看孟阳吟诗作画，此吾生平第一快事。”

凌云也是徽州人，十多年前在安徽师范大学跟随俞晓红教授攻读文学硕士，对于她以地域文学为切口，选择晚明诗人程嘉燧的诗歌创作及其理论研究作为论文选题，我是很赞成的。果然，这篇硕士论文得到了答辩委员会的好评。此后，她又在安徽省艺术研究院从事明清文学和戏曲研究，也有精力和学力继续打磨这一课题，于是便有了今天的这本有关徽州地域文学研究专著的呈现。我为她感到由衷的高兴。

汪如润

2021 年 12 月 30 日于合肥市中山路 3398 号

目　录

绪 论

“一代有一代之文学”的思想长期渗透在中国文学史的描述中，相对明代通俗文学的研究情况而言，诗文的研究格局显得格外冷清，清人陈田的《明诗纪事》虽是“开十七寒暑，录诗几四千家，分为十签”，却很不完整，收录的诗人数量、诗歌总数与有明一代诗人、诗歌实际数目之间存在不小的差距。

明代，受过教育和有过诗歌写作训练的人数急剧增长，诗歌创作一跃成为大众日常生活的一部分，聚会雅集、亲友应答乃至各种纪念活动、场合，都会酬唱应和、交换诗作。清黄宗羲曾说：“试观三百年来集之行世藏家者，不下千家，每家少者数卷，多者至于百卷。”诗歌在明代生活中已是无处不在，精英阶层、普通民众甚至闺阁中的女性群体都是诗歌创作活动的积极参与者。

尽管近十年来学界对明代诗文的认识有所推进，但总的看来，该领域的开掘与研究还是相对滞缓的。数以万计的明代诗作者的行年、心史以及湮没“名山”的著述长期以来乏人问津，导致明代诗史的真实样貌难以复原。但也正因为如此，在明代诗文研究领域中仍有一些前人尚未关注的领域和诗人个体的存在，客观上为后世的研究提供了一个宽广的空间。

明代徽州布衣诗人程嘉燧就是其中的一个，作为明末文坛上较为活跃的诗人之一，其诗文造诣之深，连当时的文坛领袖钱谦益也尊其为“吾师”。钱谦益在《姚叔祥过明发堂共论近代词人戏作绝句十六首》中写道:“姚叟论文更不疑,孟阳律诗是吾师。溪南诗老今程老,莫怪低头元裕之。”

清初诗坛盟主王士祯曾这样评价程嘉燧:“论有明布衣诗,极推吴非熊、程孟阳,海内莫不闻两先生皆新安产也!”[①]在古代,“布衣”是一个被频繁提及的概念,不同时期、不同背景下,其内涵和外延均有区别,这里程嘉燧被王士祯冠以的“布衣”之称,即是相对于庙堂的概念而言,特指不曾有过仕宦经历的读书人,他们有一定的知识储备,甚至可能相当渊博,平时并不参加或从事体力劳动,全凭学识来立足谋生。正如司马迁所说:“布衣匹夫之人,不害于政,不妨百姓,取与以时而息财富,智者有采焉。”[②]相应地,如程嘉燧、吴兆等人创作的诗歌即能被称为布衣诗。相比较而言,明代布衣诗人群体数量庞大,但也并不意味着当时任何地域中的民众都可以进行诗歌创作,能产生广泛的影响力,进而发展成为一种值得关注的群体文化现象。能产生大量民间布衣诗人的区域应该具备一定的文学创作氛围,还应有深厚的历史文化积累。徽州恰恰是具备了上述几点环境要素的一方地域。

徽州号称“东南邹鲁”,文风昌炽,民间士人的文学创作活动繁盛不息。程嘉燧祖籍徽州,虽然有过很长一段时间侨居嘉定的经历,但他晚年归乡并终老徽州,就此而言,其对于徽文化的传承是不能被忽视的。他的思想、创作都烙上了徽州的印记。

晚明、清代的文献中就已经有程嘉燧事迹、诗文的载录,《明

① 汪洪度:《新安二布衣诗》,《四库禁毁书丛刊·集部》第155册,北京:北京出版社1997年版,第2页。

② 司马迁:《太史公自序》,《史记》,北京:中华书局1995年版,第1339页。

史》有记："程嘉燧……工诗善画……谦益最重其诗文，称曰‘松圆诗老’。"[①]与程嘉燧同时代，并称"嘉定四先生"的唐时升在《程孟阳诗序》中也有评价："孟阳之才力，其雄豪跌宕，沉郁顿挫，足以追配作者。而哀乐所发，长句短章，必合于法度。"[②]娄坚在《书孟阳所刻诗后》中对程嘉燧同样给予褒扬："上自汉、魏，下逮北宋诸作者，靡不穷其所诣。"[③]王士祯《渔洋诗话》里指出了晚明七言律诗发展的两条线索："明末七言律诗有两派：一为陈大樽，一为程松圆。"程嘉燧和陈大樽的七律创作在明末呈现双峰并立、双水分流的态势。与程嘉燧引为知交的钱谦益，在他的《列朝诗集小传》中记云："其诗……七言今体，约而之随州；七言古诗，放而之眉山。此其大略也。晚年学益进，识益高，尽览中州、遗山、道园及国朝青丘、海叟、西涯之诗，老眼无花，照见古人心髓……其功于斯道甚大，而世或未之知也。"对程嘉燧的赞许之情溢于言表。

但因为观照视角和评判标准的差异，历史上（主要指晚明、清代）对程嘉燧诗文的评价褒贬不一，争讼纷纭。最具代表性的当推《静志居诗话》中朱彝尊对程嘉燧所下断语："孟阳格调卑卑，才庸气弱。近体多于古风，七律多于五律，如此伎俩，令三家村夫子，诵百翻兔园册，即优为之，奚必读书破万卷乎？"[④]朱氏的评价未免有些许背离公正，主要原因应是朱氏对钱谦益的变节行为十分鄙夷，

---

① 张廷玉等：《明史》卷289，北京：中华书局1974年版，第7392页。

② 唐时升：《程孟阳诗序》，《松圆浪淘集》，《续修四库全书·集部·别集类》第1385册，上海：上海古籍出版社1997年版，第589页。

③ 娄坚：《书孟阳所刻诗后》，《松圆浪淘集》，《续修四库全书·集部·别集类》第1385册，上海：上海古籍出版社1997年版，第587页。

④ 朱彝尊：《静志居诗话》，北京：人民文学出版社1998年版，第544～545页。

故在学术上对钱谦益持否定态度，作为备受钱谦益推崇的程嘉燧其人其诗自然受到牵连，被一同贬斥。贬斥者有之，然褒扬者仍居多数，如清代沈德潜就认为，程嘉燧的诗歌“娟秀少尘”，“见孟阳自有真诗，勿因牧斋之过许，而毛举其疵以掩之也”[①]。其后的李慈铭、陈田等人都有与沈德潜相类似的论调，虽然较为零碎、偏于感性，但从中我们不难形成判断：作为布衣诗人的程嘉燧，他在诗文方面取得的成绩是不应被忽视的，在流派纷争的晚明诗坛亦能占有一席之地。

自民国至20世纪80年代初对程嘉燧诗文的研究基本处于停滞状态，仅在陈寅恪、施蛰存、钱钟书等学者的研究著作中间接地有所涉及，如陈寅恪《柳如是别传》中对程嘉燧、柳如是之间的交游酬唱活动的考证，可以作为对程嘉燧相关研究的参考佐证材料，但专题性的研究成果仍属空白。其中的原因大致有二：

第一，对明诗的研究历来重视不足，我们不得不承认，与巅峰辉煌的唐诗、稍逊一筹而另辟蹊径的宋诗、有集大成之誉的清诗相比，明代诗歌的确显得先天不足，对明代的布衣诗人及其诗歌的研究更是薄弱。

第二，程嘉燧虽在明末名噪一时，但毕竟只限于文学艺术领域，他以布衣之身，长期沉沦民间，影响力远不及钱谦益等名士。明末文坛，布衣诗人的身份往往被排斥在主流话语圈之外，所以其作品的流播也十分困难。笔者在现有资料中搜寻民国至20世纪80年代这一时段的有关论文著作，仅发现有一篇短论，即蒋元卿

---

① 沈德潜：《明诗别裁集》卷10，上海：上海古籍出版社1979年版，第260页。

发表于《学风月刊》上的《休宁县著述人物考略》[①]，限于条件，文章内容已无缘查阅，只是从题名上推知，程嘉燧是明末徽州名士，作者可能在文章中略有提及。

自20世纪80年代起，随着古代文学研究的细化和深入，很多原本不受学界关注的诗作者慢慢进入研究者的视野，尤其是到20世纪80年代后期，随着徽学研究的日益升温，学界对徽州区域文人的关注程度渐渐提高，有关程嘉燧的相关研究论文开始零星出现。

姚家齐的《程嘉燧诗歌理论浅析》[②]一文，剖析了程嘉燧的诗文特点，并对程嘉燧对明末诗坛所做的贡献给予肯定，属程嘉燧专题研究论文中的开篇之作；

裘新江的论文《钱谦益与徽州诗人》[③]，文中叙述了钱谦益与程嘉燧属莫逆之交，有过数年晨昏伴读的经历，以及两人在诗文创作、观念上相互间的交流、启发和借鉴；

孙之梅的《松圆诗老程嘉燧》[④]一文，客观评价了程嘉燧诗学思想的价值，及其在明清诗风转变之际所发挥的作用。

汪世清作《金瑗的〈十百斋书画录〉——兼说新安画派之渊源》[⑤]在罗列诸位新安画派的重要画家时，将程嘉燧列居第一，"孟阳开天都一派，至周生始气足力大。孟阳似云林，周生似石田仿云林。孟阳程姓，名嘉燧"。天都派便是新安画派的前身，由此评价，

---

① 蒋元卿：《休宁县著述人物考略》，《学风月刊》，1903年12月。

② 姚家齐：《程嘉燧诗歌理论浅析》，《徽学》，1986第1期。

③ 裘新江：《钱谦益与徽州诗人》，《徽州社会科学》，1993年第1期。

④ 孙之梅：《松圆诗老程嘉燧》，《古典文学知识》，1996年7月刊。

⑤ 汪世清：《金瑗的〈十百斋书画录〉——兼说新安画派之渊源》，《江淮论坛》，2001年第4期。

可见程嘉燧对于新安画派的发端而言,居功至伟。

王继杰在《人杰地灵嘉定镇》[①]一文中,从历史和绘画艺术的角度展开论述,肯定了程嘉燧侨居嘉定期间于绘画艺术上所取得的极高造诣,及对后来的新安画派的深远影响。

张义勇的《程嘉燧籍贯考》一文[②],针对程嘉燧的籍贯归属问题,逐一考证,得出程嘉燧为徽州歙县长翰山人的论断。

丁功谊、左东岭的《论晚明宋诗风的兴起》[③],在探讨晚明诗坛学宋诗风问题时,对程嘉燧在其中发挥的作用给予了充分肯定,将其视为影响晚明诗坛学宋风气转向的关键人物。

此外,近年来陆续还有一些关于程嘉燧研究的专文出现,此不再一一列出。

另有学位论文,包括:

李东海的《程嘉燧诗学研究》[④],是第一篇以程嘉燧为研究本体的专题硕士论文。作者采取了诗歌文本与诗学理论相结合的研究方法,溯本探源,对程嘉燧的诗作、创作主张进行了整理归类。

岳永的《钱谦益宗唐祢宋的诗学思想》[⑤],在论及钱谦益的诗学主张成因时,着重分析了钱氏对程嘉燧诗学思想的推崇与承袭。

蔡维友的《晚明布衣诗人程嘉燧研究》[⑥],针对之前学界对程嘉燧的研究不全面、不深入的情况,从家世生平与交游、文学创作、

---

① 王继杰:《人杰地灵嘉定镇》,《档案与史学》,2004 年第 1 期。

② 张义勇:《程嘉燧籍贯考》,《中国书画》,2010 年 5 月刊。

③ 丁功谊、左东岭:《论晚明宋诗风的兴起》,《江西社会科学》,2005 年 2 月刊。

④ 李东海:《程嘉燧诗学研究》,安徽大学 2006 年硕士学位论文。

⑤ 岳勇:《钱谦益宗唐祢宋的诗学思想》,新疆师范大学 2006 年硕士学位论文。

⑥ 蔡维友:《晚明布衣诗人程嘉燧研究》,上海大学 2007 年硕士学位论文。

诗学理论等三个方面对程嘉燧诗文的创作活动进行了更细致的分析研究。

张义勇在《程嘉燧的绘画与应酬活动关系研究》①一文中，从绘画艺术角度入手，对程嘉燧的生平、社交及绘画应酬的功能加以分析，并基于此试图进一步讨论社交应酬环境与程嘉燧绘画风格之间的关联。

王馨鑫的《程嘉燧诗学思想研究》②偏于理论性研究，系统地分析了程嘉燧的诗歌创作与理论主张，并指出其对晚明诗坛的意义与影响。

张威威的《程嘉燧山水画"简淡"风格的成因》③同样是针对程嘉燧的绘画创作活动，从主、客观两方面来论证程氏"简淡"画风成因，并对其创作历程加以分期。

毕佳雨的《程嘉燧山水画研究》④，结合程嘉燧一生的迁徙、交游等经历，来分析程嘉燧山水画风格变迁的特征，并拓展到对整个新安画派影响的研究；

专书方面先后有：

黄霖的《归有光与嘉定四先生研究》，属会议论文集，收录其中的二十余篇论文，内容涉及归有光的散文风格、著作版本考辨，以及作为归门弟子的"嘉定四先生"生平、创作评述等，其中就包括对程嘉燧的相关研究论文，该书在对程嘉燧文学创作活动的研

---

① 张义勇：《程嘉燧的绘画与应酬活动关系研究》，南京艺术学院 2011 年硕士学位论文。

② 王馨鑫：《程嘉燧诗学思想研究》，首都师范大学 2011 年硕士学位论文。

③ 张威威：《程嘉燧山水画"简淡"风格的成因》，渤海大学 2013 年硕士学位论文。

④ 毕佳雨：《程嘉燧山水画研究》，天津美术学院 2020 年硕士学位论文。

究上有一定的探索之功。

校雠方面有：

2015 年，由上海市嘉定区地方志办公室编、沈习康点校的《程嘉燧全集》，现已付梓成册，这是对程嘉燧传世诗文加以汇编整理的集大成之作。

综上可知，对程嘉燧的专题研究分为两个阶段，前期主要是对其诗、文等文学创作成就上的探讨，后一阶段则集中开启于近十年，因为对程嘉燧绘画造诣的再发现，一改之前主要针对程嘉燧文学创作活动的研究，转而开始对程嘉燧绘画创作更为侧重。不过前后相比较而言，前者的研究成果依然更为充分、完善。而程嘉燧作为画家的身份，在美术史上地位的界定以及对其绘画成就的客观、真实评价等方面，后续仍有较大的研究空间。

本书以程嘉燧传世诗文集，包括《松圆浪淘集》18 卷、《耦耕堂集》5 卷、文集《松圆偈庵集》2 卷为研究对象，辅以《新安二布衣诗》八卷（康熙四十三年汪洪度等刻本）[①]，立足文本，从程嘉燧的家世生平与交游、诗歌创作、诗学理论三个方面进行系统研究。同时兼顾程嘉燧的画家身份，本书对其题画诗、题扇诗的创作另辟专章进行分析和讨论，补充了此前对其研究的疏漏。

由于程嘉燧终身未仕，其生平资料不少已经散失，这增加了研究难度。如程嘉燧的诗歌中流露出明显的禅衲风习，但是在研究中有关程嘉燧与佛门瓜葛的历史文献资料并不多见，只能从其诗文集中稽考出零星资料以资论述。程嘉燧的存世文章稀少，所见皆为墓志铭、寿序、行状等应景文字，因此研究者只能结合上述材

① 今收入《四库禁毁书丛刊·集部》第 155 册，北京：北京出版社 1997 年版。

料进行辅助性论述,而很难对其文章进行文学水平高低的评价。这是本书写作中的难点。

本书的创新点是:在前人研究的基础上,对程嘉燧年谱进行修订补缺,使其进一步完整、细致,作为附录置于书后。书中特别提出程嘉燧诗文中的佛教因缘,认为程嘉燧在与禅门的频繁往来酬唱中,佛学修为也得以升华,并在自己的诗篇中折射出一种透悟。第五章,针对后世围绕着程嘉燧诗歌成就而产生的褒贬不一的争论,本书将结合明末清初诗坛的创作风向及程嘉燧诗学观念的形成过程,对程嘉燧诗歌的创作理论加以归纳总结。

第一章　“春江在眼新安郭”
——程嘉燧生平、著述考

文学的发生是一种时间现象，更是一种空间地理现象，地域文化的研究视角是考察中国古代文学的一个重要参照系。丹纳认为：“所谓地域不过是某种温度、湿度，某些主要形势，相当于我们在另一方面所说的时代精神与风俗概况。自然界有它的气候，气候的变化决定这种那种植物的出现，精神方面也有它的气候，它的变化决定这种那种艺术的出现。”①文学史作为一个时代的社会心灵史，特定的社会文化气候的氤氲形态，与地理环境有着难以割裂的脐带关联，在地域性格与文学气质关系问题上，中国古代的文学理论著作中也多有论述，如：

《礼记·王制》：“凡居民材，必因天地寒暖燥湿，广谷大川异制，民生其间异俗。”②刘勰在《文心雕龙》中提出：“若乃山林皋壤，实文思之奥府……屈平所以能洞鉴风骚之情者，抑亦江山之助乎？”③清人李淦的论述则更为细致详尽：“地气风土异宜，人性亦因而迥异，以大概论之，天下分三道焉：北直、山东、山西、河南、陕

---

① 丹纳：《艺术哲学》，北京：人民文学出版社 1963 年版，第 7 页。

② 戴圣：《礼记·王制》，上海：上海古籍出版社 1987 年版，第 73 页。

③ 周振甫：《文心雕龙今译》，北京：中华书局 1986 年版，第 412 页。

西为一道,通谓之北人;江南、浙江、江西、福建、湖广为一道,谓之东南人;四川、广东、广西、云南、贵州为一道,谓之西南人。北地多陆少水,人性质直,气强壮,习于骑射,惮于乘舟,其俗俭朴而近于好义,其失也鄙,或愚蠢而暴悍。东南多水少陆,人性敏,气弱,工于为文,狎波涛,苦鞍马,其俗繁华而近于好礼,其失也浮,抑轻薄而侈靡。西南多水多陆,人性精巧,气柔脆,与瑶侗苗蛮黎疍等类杂处,其俗尚鬼,好斗而近于智,其失也狡,或诡谲而善变。”①

作家文学观念、风格的形成衍变是多种因素共同作用的结果,不可能是孤立自发产生的。它必然会受到作家本人所处的整个社会风气、区域学术环境、文学思潮乃至其他同辈作家文学观念的影响。程嘉燧祖籍徽州,程姓亦属徽州望姓,长期受到徽文化熏陶,在他的思想、创作中都烙上了明显的徽州印记,因此,想要了解程嘉燧其人其诗,则弄清与程嘉燧同时期的徽州地域文化特征是十分必要的。徽州地区丰厚的历史文化积累是他取之不竭的创作源泉,品读他的诗、画作品,我们能体悟到其中富含的徽文化底蕴。

第一节　明末徽州地域文化及影响

地处安徽省东南翼的黄山白岳之间的徽州,从古至今,地名数次更易,新安郡、新安都、歙州等等,直到北宋方腊起义平定之后,才改称徽州,并沿用至今。明清时期的徽州府下辖六县,分别是歙县、黟县、休宁、祁门、婺源(今属江西省上饶市)、绩溪(今属安徽省宣城市)。

① 李淦:《燕翼篇·气性》,《丛书集成续编》第78册,上海:上海书店1994年版。

徽州境内景色清秀，江水绵亘环绕，山水形胜的地貌形态使徽州地区呈现出一种相对独立的自然地理特征。“盖以地僻大江之南，万山回环，郡称四塞”①，因道路梗塞，交通甚为不便。徽人吴自法撰《徽商便览》中概括：“吾徽居万山环绕中，川谷崎岖，峰峦掩映，山多而地少。”②康熙《徽州府志·形胜》云：“徽之为郡，在山岭川谷崎岖之中，东有大鄣之固，西有浙岭之塞，南有江滩之险，北有黄山之阨。即山为城，因溪为隍，百城襟带，三面距江，地势斗绝，山川雄深。”③

相对于交通要津而言，自然条件的制约客观上使得古代徽州社会在对外交流、社会风俗等方面存在明显的保守性和封闭性。同时，徽州倚仗“以山谷为州也，其险阻四塞，几类蜀之剑阁矣，而僻在一隅，用武者莫之顾。中世以来，兵燹鲜经矣”，而形成的天然防御使该地区战乱罕至，安定平和，人人各司其职，耕读相伴，在一定程度上也有利于文化的积淀传承。经过历代的积累，徽州出现了文教发达、学风昌炽的局面，自宋始，在全国已形成了相当大的影响力。南宋诗人范成大在徽州任职期间，首次将徽州比作“邹鲁”。明代以后，徽州在外坐贾的商人群体不断地将利润输送回本土，巨额的捐输资助使得徽州本土的文化发达程度渐超其他地域，加上徽商十分注重培养子弟读书习文，从而促进了徽州民间文学创作的活跃，徽州一举成为名儒贤能、俊彦辈出之地。

徽州文风大盛于明清并非偶然。契机之一，始于东晋的中原

---

① 赵华富：《两驿集》，合肥：黄山书社1999年版，第218页。

② 吴自法：《徽商便览·缘起》，1919年铅印本。

③ 赵吉士等纂，丁廷楗等修：康熙《徽州府志·形胜》，清康熙三十八年（1699）万青阁刻本，第57～58页。

人口大规模的迁入。作为典型的封闭型社会，徽州是北方人躲避战乱的理想去处；另外，大量文人处士视徽州为理想的隐居地，而逐渐迁入。这在无形中就打破了徽州社会固有的文化封闭局面，并随之带来了先进的中原文化，流风所及，泽被一方，徽州社会整体的文化水准得以大幅提升，正如前人所概括的“盖其山川复阻，风气醇凝，世治则读书，什一之业足以自营；世乱则洞壑、溪山之险亦足以自保。水旱兵戈所不能害，固宜其有强宗巨姓雄峙于其间”①。

其二，明清时期崛起的徽商一跃而为劲旅，称雄商界数百年。明人归有光在为一程姓徽商所写的寿序中说道：

> 今新安多大族，而其地在山谷之间，无平原旷野可为耕田。故虽士大夫之家，皆以畜贾游于四方。倚顿之盐，乌倮之畜，竹木之饶，珠玑、犀象、玳瑁、果布之珍，下至卖浆贩脂之业。天下都会所在，连屋列肆，乘坚策肥，被绮縠，拥赵女，鸣琴跕屣，多新安之人也。②

徽商的成功，大量商业利润的回输本土，教育科举随之兴盛。据康熙《徽州府志》统计，清初徽州存有书院 54 所，而明代时就已经有 51 所。也就是说，这些书院大部分都建于明代，书院的筹建和经费的主要来源就是商贾的捐助。中国古代，一个地区读书人的数量与质量往往决定了该地区文学的发达程度。读书识字者

① 《重修古歙东门许氏宗谱》卷 9《城东许氏重修族谱序》。

② 归有光：《白庵程翁八十寿序》，《震川先生集》卷 13，上海：上海古籍出版社 2007 年版，第 319 页。

多,文学创作者和读者自然增多。徽州教育的兴盛虽不能使士子都通过科举入仕,但很多人确由此读书识字,成为"文学人口"中的一员①。此外,徽商的经营活动也促进了区域间文化信息的流通,加强了外界社会与徽州的接触。新鲜的文化因子持续融入徽州传统严密的体系中,不断推陈出新。

两次契机是徽州人文兴盛的外围因素,而徽州自身丰厚的文化积淀则是徽州人文发达的内驱力。徽州作为理学集大成者朱熹的故乡,据明弘治《徽州府志·风俗》载:"(徽州)自朱子而后,为士者多明义理之学,称为'东南邹鲁'。"②元明之际兴起的"新安理学"成为当时重要的区域文化现象。"新安理学"孕育于徽文化的肥沃土壤,扎根于徽州,并向四周区域辐射。赵汸在《商山书院学田记》中有段论述:

> 新安自南迁后,人物之多、文学之盛,称于天下。当其时,自井邑田野以至于远山深谷,民居之处,莫不有学、有师、有书史之藏。其学所本,则一以郡先师子朱子为归。凡六经传注,诸子百氏之书,非经朱子论定者,父兄不以为教,子弟不以为学也。是以朱子之学虽行天下,而讲之熟、说之详、守之固,则

---

① 按:李时人在《论古代文学的"地域研究"与"流派研究"》(《赣南师范学院学报》2005年第1期)中提出"文学人口"的观点,并进行了系统的阐释:在中国古代,一个地区文化发达与否,往往取决于这个地区文化人群(即中国古代所谓的"读书人")的数量和质量。对文学而言,读书识字者多,文学创作者和读者自然增多。"文学人口"增加,文学的兴盛、繁荣亦在情理之中了。在中国历代王朝及地方的政治中心,经济富庶地区,往往更有条件使政治和经济优势转化为文化优势,使这些地区成为文学的发达地区。

② 彭泽修,王舜民纂:弘治《徽州府志·风俗》,明弘治十五年(1502)刻本,第10页。

惟新安之士为然，故四方谓“东南邹鲁”。[1]

任何区域的发展都不可能是孤立的，都会与其他相关区域发生多方的互动，明清之际的区域互动更是紧密频繁。徽州自古以来都是儒学发达之地，风习纯朴，人文蔚起，张心斋《洪愫庵玉图歙问序》中的一段史录也颇能反映当时徽州的人文盛况：

王弇州先生来游黄山时，三吴两浙诸宾客，从游者百余人，大都各擅一技，世鲜有能敌之者，欲以傲于吾歙。邑中汪南溟先生闻其至，以黄山主人自任，僦名园数处，俾吴来者，各各散处其中，每一客必一二主人为馆伴。主悉邑人，不外求而足，大约各称其技，以书家敌书家，以画家敌画家，以至琴、弈、篆刻、堪舆、星相、投壶、蹴鞠、剑槊、歌吹之属无不备。与之谈，则酬酢纷纭，如黄河之水，注而不竭；与之角技，宾时或屈于主。弇州先生大赞而去。[2]

长期的互动交流，促进了徽州与外界特有的区域文化集散效应圈的形成，对此胡适先生就曾提出“大徽州”与“小徽州”的概念。“小徽州”即本土六邑，如果说“小徽州”是徽文化流播的核心层，那么“大徽州”则指徽文化辐射力所波及的地区，尤以江南苏州、松江、常州、镇江、江宁、杭州、嘉定、湖州、太仓等地和淮扬地区

---

① 赵汸：《东山存稿》卷 4，《文渊阁四库全书 · 集部 · 别集类》第 1221 册，台北：台湾商务印书馆 1983 年版，第 287 页。

② 许承尧：《王弇州诸人游歙》，《歙事闲谭》卷 12，合肥：黄山书社 2001 年版，第 413 页。

所受的影响最为直接,以及芜湖、安庆等临近城市,“大徽州”的形成正是与徽商的经商活动直接相关的。所以在研究程嘉燧与徽文化渊源时,不应将视野仅仅投射于徽州本土。程嘉燧长期寓居的嘉定,明代时隶属苏州府,作为当时江南的经济中心,吸引了大批徽商前往。巨额商业资本的聚集,也让两地在社会文化和生活方式上得到进一步融合,苏州的文化名流也纷纷造访徽州。

> 董其昌为诸生时,游新安。江村江一鹤迎馆于家,课其子必名。居年余去。所遗书画真迹最多。陈继儒亦与一鹤友善,每来新安,多主其家。为题诸园亭联额。沈周游新安时,江念祖师事之,延诸村中,为作《瑞金秋霁》《长湖烟雨》诸图。赵宧光与江村觉华庵僧涤凡善,尝寓居庵中,为题迦耶室联额。涤凡通禅理,静默寡言,尝升坛说偈,地涌灵泉,一时名宿,赋诗记瑞。①

徽州地域的山川风物、历史传统及人文气象,无不建构着徽州文士的群体风貌、个性意志。作为诗人兼画家的程嘉燧,其画风简省洁净,偏显萧瑟,尽滤人间尘俗气息,明显是受到徽州故里山水风神的浸润所致,而晚年定居徽州的一段时日更是他画技渐臻炉火纯青之时,从其返乡之初至崇祯十三年寿终正寝,虽然仅仅3年时间,但对新安画派日后的崛起却是不可或缺的关键人物。再者,作为诗人的程嘉燧,在他的诗文集中,频频流露出一位羁旅异乡的游子对故土的怀念。在他的《四明徐江阳庄太峰余泰灵秋尽先后

---

① 许承尧:《沈周、董其昌、陈继儒、赵宧光皆曾至江村》,《歙事闲谭》卷18,合肥:黄山书社2001年版,第627~628。

归送行三首》中写道："乡书连月到，归梦渡江迟"[①]"还乡无限意，寂寞向郊垧"[②]"春江在眼新安郭"[③]。其诗风娟秀少尘、清丽温婉，亦如徽州山水般雅致清新。程嘉燧是由这方山水滋养出的具有浓郁地方文化底蕴的文人、画家。

第二节 程嘉燧籍贯、家世、生平考

程嘉燧（1564—1643），字孟阳，号松圆，年过五旬后，又号偈庵、松圆老人、松圆道人、偈庵居士等，法名海能，明嘉靖四十四年（1564）生于苏州府嘉定县，崇祯十四年（1641）返回故乡徽州定居，明崇祯十六年（1643），即清军入关的前一年离世，得寿七十有九。

关于程嘉燧祖籍地的确切地点，历来颇多争议。但大范围可以肯定，是在徽州。谢三宾在《松圆浪淘集序》中有言："程孟阳先生，故新安人。少时从父居练川。"之所以有争论，其源头是钱谦益在《列朝诗集小传》中所撰写的《松圆诗老程嘉燧》里有"嘉燧，字孟阳，休宁人"[④]等字样，因钱谦益与程嘉燧二人关系匪浅，故后世

---

① 程嘉燧：《四明徐江阳庄太峰余泰灵秋尽先后归送行三首》，《松圆浪淘集》卷1，《续修四库全书·集部·别集类》第1385册，上海：上海古籍出版社1997年版，第605页。

② 程嘉燧：《雨中太仓津亭别子柔泊舟昆山》，《松圆浪淘集》卷2，《续修四库全书·集部·别集类》第1385册，上海：上海古籍出版社1997年版，第606页。

③ 程嘉燧：《子柔将归忆别漫赋》，《松圆浪淘集》卷4，《续修四库全书·集部·别集类》第1385册，上海：上海古籍出版社1997年版，第622页。

④ 钱谦益：《松圆诗老程嘉燧》，《列朝诗集小传》丁集下，上海：上海古籍出版社1983年版，第576页。

文献多沿用《列朝诗集小传》中的说法。如朱彝尊在《静志居诗话》中称:“程嘉燧,字孟阳,休宁布衣,侨居嘉定。”[①]清光绪《嘉定县志》里对程嘉燧亦有“休宁人,侨居(嘉定)西城几五十年”[②]的条目载录。此外,如《明史》《明诗纪》《四库全书总目》《大清一统志》中也都把程嘉燧列为休宁人。

其实对此讹误,明末赵吉士早已在其著作《寄园寄所寄》中给予了纠正:“孟阳实歙之长翰山人,余尝至其家,圆松犹在,孟阳与牧斋最厚,而《列朝集》乃注休人,误矣!”[③]《歙事闲谭》中对程嘉燧的籍贯也明确提及:“程孟阳嘉燧,号偈庵,歙岩镇邻近之长翰山人。”[④]

当然,最可靠的说法自然是从程嘉燧自己的文字中求证,他在诗文中有过如下表述:

《从叔兰亭七十寿叙》记载:“吾宗自梁、陈迄元,世居篁墩,最后徙长翰山。”[⑤]《族叔父逸休翁八十寿序》中透露:“吾宗自晋、梁以来,忠贤代兴,至胜国始迁长翰,已十余世。”[⑥]其中涉及的“篁墩”“长翰”地名,明代时皆在徽州歙县域内。“篁墩”原为山名,距

---

① 朱彝尊:《静志居诗话》,北京:人民文学出版社 1998 年版,第 545 页。

② 程其珏修,杨震符纂:光绪《嘉定县志·侨寓》,清光绪七年刻本,第 30 页。

③ 赵吉士:《故老杂记》,《寄园寄所寄》卷 11,合肥:黄山书社 2008 年版,第 896 ~ 897。

④ 许承尧:《程孟阳晚年为僧于黄山》,《歙事闲谭》卷 13,合肥:黄山书社 2001 年版,第 423 页。

⑤ 程嘉燧:《从叔兰亭七十寿叙》,《耦耕堂集》文卷上,《续修四库全书·集部·别集类》第 1386 册,上海:上海古籍出版社 1997 年版,第 43 页。

⑥ 程嘉燧:《族叔父逸休翁八十寿序》,《耦耕堂集》文卷上,《续修四库全书·集部·别集类》第 1385 册,上海:上海古籍出版社 1997 年版,第 47 页。

离徽州歙县西三十里外。长翰山为黄山余脉，民国《歙县志》记载："黄山之西南支为歙休交界之天马山脉……天马之支曰长翰山。山为松圆诗老程嘉燧所居，有缨络松松垂鞾至地，旁有松圆阁储书万卷。松枯于雍正初年，今阁亦圮。"[①]另外，程嘉燧在提到家乡时，多以"新安""歙"等名称代指。《松圆浪淘集》卷三小注云："癸巳秋，由余杭归歙治葬地，邻人有言……"卷十八小注云："甲子上元夕作尝甘诗，二月朔至徽州郡城（歙县）。"从以上可知，程嘉燧的籍贯确为徽州歙县长翰山。

"程"为徽州大姓，对徽州程姓一脉宗族谱系的考究，最早可上溯至周代。根据王世贞为程嘉燧父亲所撰写的《新安程君墓志铭》中的表述为："程之先曰伯休父，至吴而将军普居建康。及晋而将军元谭徙新安，后十三世而为总管忠壮公灵洗，五十二世而为处士泰兴。"

具体到程嘉燧一族，有文献可考的家族谱系可推自高祖程泰兴，这在程嘉燧的《从叔兰亭七十寿叙》中有专门交代："吾宗自梁、陈迄元，世居篁墩，最后徙长翰山。成化之季，见于统宗谱者，嘉燧之高祖讳泰兴，叔父之曾祖泰琳公，兄弟也。"[②]其后辈，按照《新安程君墓志铭》的记载："泰兴生元淑，生溶，则君之父也，娶于闵，生君。甫三岁而失母，父自哺之，以衍寿为君小名。"由此，自程嘉燧高祖程泰兴开始，到程嘉燧父亲程衍寿为止，程氏家族谱系串联起了一个完整的传承序列。

---

① 石国柱等修，许承尧纂：民国《歙县志·舆地志》，民国二十六年（1937）铅印本，第47页。

② 程嘉燧：《从叔兰亭七十寿叙》，《耦耕堂集》文卷上，《续修四库全书·集部·别集类》第1385册，上海：上海古籍出版社1997年版，第43页。

而后据程嘉燧在《族叔父逸休翁八十寿序》中的介绍:“吾乡介山谷间,地陋齿繁,非商贾无以为生,世罕耕读之家。”受自然环境所迫,徽州人不得不放弃正统的读书仕宦之路,转而从事在当时社会地位较低的商贾之业。程嘉燧就出生于商贾之家,其祖父程溶于江淮间行商,后不慎溺水早逝。父程衍寿,三岁亡母,八岁丧父,幸得外祖父抚养长大。幼时跟随诸舅父一同学文识字,“受《诗》,复受《易》,因转浃诸史”。成年后子承父业,略有经商天赋的程衍寿,在叔父的帮衬下,事业小有所成。《新安程君墓志铭》记载:“小贾于外,贩钱易贵。辗转数年,积子钱三倍于母,归而奉之季父。”[①]后因与叔父失和,改投靠嘉定姑父李汝杰(李先芳父亲,李流芳伯父),姑父对程父甚为照顾,当即“挥数千金与君,听其所为。君故游四方,能观万货之情,其所转毂若流水。李君之入滋倍,乃岁以一镒金奉君”。[②] 经商之余,程衍寿始终坚持读书习文,是一位典型的儒商。“贾于嘉定垂三十年,日闭户读书,未尝饰冠剑,奉筐筥,以游大人而成其名。”[③]于众名士中,程父格外推崇王世贞,曾有言:“安得一日从弇州先生游,即死不恨然。”临终时,依然嬉笑自若,付生死于一笑间。他宽广的心胸气量,超脱世俗的风骨,对程嘉燧成年后的性格影响至深。

从程嘉燧祖父辈开始,程氏一族就放弃了传统的仕进之路,但却始终坚持以诗礼传家。程嘉燧六岁拜葛霁怀先生为师,开蒙读书,进行“章句、训义”的学习,长达三年。万历四十年(1612)冬,

① 王世贞:《新安程君墓志铭》,《弇州四部稿续稿》卷122,《文渊阁四库全书·集部·别集类》1283册,台北:台湾商务印书馆1983年版,第702~704页。

② 同①。

③ 同①。

霁怀先生殁，程嘉燧著文《祭葛师》以寄哀思。九岁时，其遭遇母丧，次妹亦随先妣殇。因父亲常年在外经商，程嘉燧便与妹妹程淑光(后适闵家，以闵氏妹代称)相互依傍，感情至深。万历丙辰(1616)春，闵氏妹病逝，程嘉燧悲伤难抑，陆续写下《祭闵氏妹》《正月八日亡妹忌日感述》《亡妹闵孺人墓志铭》等诗文以示悼怀。

王世贞评价程衍寿"君之不忘闵若此"，因感念闵家的养育之恩，程家父子两代都与闵氏联姻，程衍寿将女儿程淑光嫁给了舅父的儿子闵自立，程嘉燧先后迎娶的两任妻子中，第一任即为舅父的女儿闵氏。闵氏生性良善，贤德兼备。而程嘉燧是个名副其实的"穷处寒芦野水间，瓶储欲罄未知谋"的布衣寒士，他非但没能继承父亲的经商天赋，反而极其不善营生。他嗜好古书画器物，每有合心意者便倾囊相购，简直到了痴迷的程度，他随身携带《定武兰亭序帖》，行走坐卧皆不相离，方便随时赏玩。

程嘉燧个性任情放达，仗义疏财，宋荦在《新安二布衣诗序》中评价其为人："胸中有千卷书，足行万里路。床头不留一钱以济人急，其人概可想见已。"①兼好结交朋友，应酬往来，时常邀请歌叟至家中，欢饮达旦方才散场送客。如此种种，父辈遗留的家产很快就被消耗殆尽，程家的生活也日渐陷入困窘的境地，仅靠其妻闵氏辛苦支撑，及友人徐兆稷、金子鱼等间或接济。程嘉燧至交唐时升熟悉内情，不无感慨道："吾友孟阳意可以颉颃百代，才可以驱骋四海，而不能致二顷以为资。遂使孺人黾勉有无，朝炊恐不及夕，

① 宋荦：《新安二布衣诗序》，《四库禁毁书丛刊·集部》第155册，北京：北京出版社1997年版，第3页。

夕爨恐不及朝。劳心苦身者,殆三十年。"①

程嘉燧的三个儿子程士颛、程士正、程士迪都继承了父亲适意洒脱的秉性,超脱现实放浪不羁,"有子骄稚,不事生产,经营拮据,以供其求,左弦右壶,缘手散去"。但对此程嘉燧却不以为忧,反而"顾益喜,以为好事好客称其家儿,坐是益重困"。② 艺术修为上,他们也颇得程嘉燧的天赋遗传,尤其是长子程士颛,钱谦益曾夸赞道:"吾友嘉定程孟阳有子曰士颛,字孝直,善擘窠大书,且志篆籀之学。"③但现实的情形是,"不事生产"又专注书法篆刻技艺,对程家日益薄弱的家底而言,无异于雪上加霜,于是闵氏不得不屡屡四处借贷,用以补足丈夫和儿子的日常生活、应酬开销。"谈笑满座而甑釜萧然,将不足于餔糜。东市之薪,西市之粟,幸相假贷,而室中之待食者多意外之孤。"④

程嘉燧确实有动过遵循传统士子的人生规范,以科考求功名的念头。所以"少学制科",二十岁时,他还曾与表兄李名芳共赴阳羡(今江苏宜兴)应试,落败而归。《祭李名芳》中谈及此事,程嘉燧颇为落寞地写道:"子(李名芳)以荐入,余乃弃掷。"从此他绝意科考,放弃了被视作正统的人生道路。而后,正如钱谦益在《列朝诗集小传》中概括的那样:"少学制科不成,去学击剑,又不成,

---

① 唐时升:《祭闵孺人文》,《三易集》卷14,《四库禁毁书丛刊·集部》第178册,北京:北京出版社1997年版,第184~185页。

② 钱谦益:《松圆诗老程嘉燧》,《列朝诗集小传》丁集下,上海:上海古籍出版社1983年版,第576页。

③ 钱谦益:《题程孝直印谱》,《牧斋初学集》卷85,上海:上海古籍出版社1985年版,第1792页。

④ 同①。

乃折节读书。刻意为歌诗，三十而诗大就。”①

“甫冠即弃去经生之学，而一意读古诗文，久之豁然。”②摆脱了为科考而专研空洞八股的束缚，程嘉燧可以按照自己的喜好开始自在、广泛地阅读和诗文创作，于是“先生书无不读，读无不精。片语只字，皆供驱遣。如陶士行之竹头木屑，都无废弃……若夫胸有千卷书，足行万里路……如先生者几人哉”③。

以海量的阅读为基础，程嘉燧的诗歌创作技艺也日臻纯熟，唐时升就评价道：“余与孟阳少同志尚，恶俗儒之陈言，而好泛滥百家之书，然未尝有意为诗也。见古人清词丽句，讽咏自娱。久之，则于意言声节之间，往往若与其人遇者。后数年，各有诗数百篇矣。”不同于其他人的功利性创作，程嘉燧的诗文，“皆言其所欲言，自少至于白首，欢愉惨悴寥泬不平之思，读其诗可尽见也”。④ 诗歌已然是程嘉燧用以抒发个人心志的手段，故讲究真情实感的倾注。在这一点上，程嘉燧显然是受到以归有光为代表的“嘉定学派”文学观念的影响，后者反对繁缛的文饰和敷衍的写作态度，主张学有根柢，力求独抒机杼，讲究“不平则鸣”，而程嘉燧在创作中也正是积极地实践了上述诗学主张，并得到清代沈德潜的一再赞赏，“孟阳自有真诗”。

中年之后，程嘉燧的声名渐渐崛起于当时，尽管他依旧是一介

---

① 钱谦益：《松园诗老程嘉燧》，《列朝诗集小传》丁集下，上海：上海古籍出版社1983年版，第576页。

② 娄坚：《书孟阳所刻诗后》，《松圆浪淘集》卷首，《续修四库全书·集部·别集类》第1385册，上海：上海古籍出版社1997年版，第587页。

③ 谢三宾：《松圆浪淘集序》，《松圆浪淘集》卷首，《续修四库全书·集部·别集类》第1385册，上海：上海古籍出版社1997年版，第586页。

④ 唐时升：《程孟阳诗序》，《松圆浪淘集》卷首，《续修四库全书·集部·别集类》第1385册，上海：上海古籍出版社1997年版，第589页。

布衣的身份，但却已经通过另一种方式达成了之前在科场上未尽的夙愿，而其中的媒介正是诗歌。此时的程嘉燧开始频频结交文人名士、达官贵胄，如吴淞总兵戚将军、文坛名宿王世贞等都曾将其奉为座上宾。徐学谟在闾巷里偶然发现了程嘉燧的诗歌，为其才情所打动，遂将程嘉燧招至家中，礼遇有加。至于与殷都间的交往，据程嘉燧在《寿殷丈无美先生七十》诗中的小注云："公为郎时，从李舍人见拙诗，即蒙叹赏，许为小友。"[①]类似徐学谟、金子鱼、殷都等人，都是追慕程嘉燧的诗名而主动与之结交的地方名士，他们大都生活富足，致仕归乡后多将赏游歌赋视为人生的追求，他们非常需要程嘉燧之类的布衣名士来成就自己礼贤下士、惜慕才士的社会声望，因此，程嘉燧倚仗诗名在当时的交游圈内颇受礼遇。谢三宾在《松圆浪淘集序》中提及："先生游屐最广，近而建康、广陵，远则沅湘、河渭。所至，倾动都邑，长者之车，填溢门巷。"[②]也正因如此，程嘉燧一生朋友甚多，游踪甚广，识见丰富。

明季的布衣文士，大都有投充幕僚的经历。布衣诗人乃一介平民，没有俸禄收入，除了少数家境优越者衣食无忧外，对于绝大多数布衣诗人而言，谋生是他们最紧迫的问题，游幕则是他们最青睐的治生方式之一。中年之后的程嘉燧，家道日衰，即便声望日隆，风光渐起，但现实的窘迫情状投射到其诗作中，也不免偶尔流露出颓丧之气。"风雨鸡鸣百感萦，披衣起坐到天明。饥寒未保心肠惯，干谒先愁项领成。漫论田园方乐志，细思沟壑亦虚名。来朝

① 程嘉燧：《寿殷丈无美先生七十》，《松圆浪淘集》卷 6，《续修四库全书·集部·别集类》第 1385 册，上海：上海古籍出版社 1997 年版，第 631 页。

② 谢三宾：《松圆浪淘集序》，《松圆浪淘集》卷首，《续修四库全书·集部·别集类》第 1385 册，上海：上海古籍出版社 1997 年版，第 585 页。

客路休看镜，百发羞从一夜生。”[1]两年后也即万历三十年（1602）的诗作中，程嘉燧更是直接地对自我的处境加以省视：“老懒身益穷，贫贱恨不艺。纵耽书画癖，难使饥渴济”。[2]“劳生栖栖，于役四方”，生活的重压，令程嘉燧不得不舍弃文人固有的清高，为了生计而疲于奔命。

万历三十八年（1610），程嘉燧启程赴武昌，按照好友李流芳在《送程孟阳游楚中》中所示：“人生万事常相左，饥来驱人欲谁那。君今新得贤主人，相将且拽寒江柁。”[3]郑胤骥也在为其所作的送别诗中提及“自君有楚役，离念日以旋”，由此可知，程嘉燧前往武昌的目的是去充当幕僚。是年十月，程嘉燧从京口出发，溯江而上一路西行，沿途的自然风光和对前途的乐观憧憬，让程嘉燧暂时忘却了离乡背井的孤寂，表现得兴致盎然。娄坚在《送程孟阳游楚诗序》中谈及此段经历，说道：

> 与之善者咸谓孟阳性爱佳山水，遇所快意，尝独留经时。况自吴适楚，溯江而西，南浮洞庭，历衡、湘而返，数千里之遥，怪奇伟丽之观，皆平生之所未遇也。又得贤主人焉从之游，岂复如儿女子眷眷焉，恋不能别乎哉？[4]

---

① 程嘉燧：《风雨》，《松圆浪淘集》卷6，《续修四库全书·集部·别集类》第1385册，上海：上海古籍出版社1997年版，第635页。

② 程嘉燧：《走笔题伯雨兄藏寒林扇图》，《松圆浪淘集》卷7，《续修四库全书·集部·别集类》第1385册，上海：上海古籍出版社1997年版，第636页。

③ 李流芳：《送程孟阳游楚中》，《檀园集》卷2，《文渊阁四库全书》第1295册，台北：台湾商务印书馆1983年版，第316页。

④ 娄坚：《送程孟阳游楚诗序》，《学古绪言》卷3，《文渊阁四库全书·集部·别集类》第1295册，台北：台湾商务印书馆1983年版，第37页。

程嘉燧在武昌的入幕生活持续了一年左右。幕僚属于典型的"为他人作嫁衣裳",实际上并没有太多施展个人抱负的机会。同时,游幕在外,常年追随幕主宦辙经游,四处奔波,背井离乡的伤感如影随形。在武昌滞留期间,程嘉燧内心的消沉、思归情绪开始不时地流露笔端:"少小听歌怕唱愁,一声楚尾与吴头。如今身在伤心地,但见春光莫上楼。"[①]万历四十年(1612)二月,程嘉燧与好友瞿式耜一同结伴启程返回嘉定。

生性散诞的程嘉燧,是无法适应这种受役于人的生活的,但无奈的是,终其一生,投充幕僚都是程嘉燧养家谋生的主要方式之一。在他中年以后的诗作中,常常有面对困顿生活而倍感忧虑的情绪宣泄。在写给弟弟程嘉燃的祭文《祭仲防亡弟》中,他捎带叙述了自己的遭际,"吾优游诞漫,垂老劳生,无力济援,愁病以死。生死狼狈,天实为之。"[②]从武昌返乡后的第六年,即万历四十六年(1618),程嘉燧又开始了远赴山西上党的行程。

时任山西长治县(长治县古属上党郡,明嘉靖初年设县)县令的方有度是程嘉燧的同乡兼好友,他一再邀请程嘉燧赴长治充任其幕僚。万历四十六年(1618)春,病体初愈的程嘉燧起身前往山西长治,这是程嘉燧一生中的最后一次远行。对于已年过五旬的程嘉燧而言,上党之行无疑是一趟艰辛的跋涉,若非生计所迫,他绝不会下此决心。临行之前,在给友人的题扇诗中,程嘉燧内心充满无奈和惭愧地写道:"我真为饥驱,垂白投远徼。君期会三晋,人

---

① 程嘉燧:《登楼》,《松圆浪淘集》卷12,《续修四库全书·集部·别集类》第1385册,上海:上海古籍出版社1997年版,第676页。

② 程嘉燧:《祭仲防亡弟》,《松圆偈庵集》卷下,《续修四库全书·集部·别集类》第1385册,上海:上海古籍出版社1997年版,第786页。

事多错料。"[1]历时两月的舟车劳顿，程嘉燧由嘉定经苏州、常熟、扬州至镇江、南京，复渡江而抵滁州，其后半月入河南境，渡黄河，陟太行，于是年夏抵达长治。程嘉燧在《与方季康》一文中，记录了此次北上之行的沿途所见：

> 尝未至黄河，百里外望见太行，如黑云亘天际，吁骇突兀，始疑其非山也。行二日，抵其麓，峰峦森列峭崒，皆拔地卓云，触目尽范宽、荆浩障子，前人多产关陇，盖图所见也。初上山十余里，骡马皆悲鸣不前，其径皆羊肠鸟道，径石荦确，龂腭如狼牙剑戟，意非此中蹄迹弗习者，决不能厝足也。上关王坡南望，两三峰出白云中，疑是嵩高二室，问道中人，无能言者。至天井关，则所见峭崒卓云诸峰，峰杪尽碌碌坠谷底。仰望峻坂，盘曲窅窱，如无道境，瞪视，微觉人马转动耳。百余里至泽州，又前次高平，即古长平。入潞州，境似渐夷，实太行之巅，天下之脊，号称上党，不虚耳。[2]

程嘉燧在方有度帐下担任了七年幕宾，以代拟各种祭文、贺颂为任，这正是程嘉燧最为擅长的。《松圆浪淘集》中篇幅颇多的此类文稿，皆是在此期间创作的。但程嘉燧清高气傲，并不甘于只是代拟文书，之后如同上一次的武昌之行，居留山西越久，其心绪越发低落。《答伯雨兄》中就已透露出明显的沮丧消沉之气："弟蒲

---

① 程嘉燧：《题扇寄孙士徵》，《松圆浪淘集》卷16，《续修四库全书·集部·别集类》第1385册，上海：上海古籍出版社1997年版，第711页。

② 程嘉燧：《与方季康》，《松圆偈庵集》卷下，《续修四库全书·集部·别集类》第1386册，上海：上海古籍出版社1997年版，第793页。

柳之姿，昨岁一病，万念灰冷，犹以业深累重，依投故人，平生习气，尽如嚼蜡。闭门静思四十九年之非，举非真实。虽饥寒切肤，忧患灼心，无一在者。”①天启元年（1621）十二月，方有度进京入觐，程嘉燧亦随同赴京。第二年，方有度入选为工科给事中，程嘉燧因此得以在京中居留两年。京中各权贵名流，仰慕程嘉燧声名者，争相拜访结交，然程嘉燧皆避而不见。“祥符王损仲博雅名士，时时过余邸舍，就孟阳谈，孟阳未尝一往也。”②其性格清高孤傲，可见一斑。天启三年癸亥（1623），时年 59 岁，已离乡近六年的程嘉燧，起了莼鲈之思。是年冬，方有度奉使山西诸藩邸，程嘉燧随同前往。十二月，一行人途经居庸关、雁门关返回上党。天启四年（1624）初，由山西高平登太行山，拜谒孔子回车庙，渡黄河至汴京。二月初一，程嘉燧与方有度一起返回徽州，年近七年的幕僚生活终告结束。回到故乡的程嘉燧倍感温暖，他在诗中抑制不住地感怀道：“白头潦倒乍还乡，里社新知爱老苍。”③“洞庭三百忆题缄，归客尝新喜破甘。”④喜悦之情溢于言表。天启五年（1625）五月，他由徽州返回嘉定。至此，程嘉燧终其余生再未远行，虽然生活清贫依旧，却也因常常能与好友一起诗酒酬唱，优游岁月而倍感满足。

---

① 程嘉燧：《答伯雨兄》，《松圆偈庵集》卷下，《续修四库全书 · 集部 · 别集类》第 1386 册，上海：上海古籍出版社 1997 年版，第 794 页。

② 钱谦益：《松圆诗老程嘉燧》，《列朝诗集小传》丁集下，上海：上海古籍出版社 1983 年版，第 577 页。

③ 程嘉燧：《过方若蘧家饮家酿即席赋呈》，《松圆浪淘集》卷 18，《续修四库全书 · 集部 · 别集类》第 1385 册，上海：上海古籍出版社 1997 年版，第 724 页。

④ 程嘉燧：《甲子元夕南宿州驿舍尝甘漫题》，《松圆浪淘集》卷 18，《续修四库全书 · 集部 · 别集类》第 1385 册，上海：上海古籍出版社 1997 年版，第 724 页。

崇祯三年庚午(1630),十月,程嘉燧至常熟拂水山居,赴昔日与钱谦益的偕隐之约。两人晨昏游处,谈诗论道,前后达十余年。有关程、钱二人的交往经历,后文将有专章论述。崇祯十三年庚辰(1640),钱谦益搬入常熟城内居住,住半野堂。程嘉燧也有了落叶归根的念头。“庚辰春,主人移居入城,予将归新安。”崇祯十六年癸未(1643),已返回故里并为钱谦益《初学集》完成书序后一月余,程嘉燧卒于新安长翰山松圆山居,享年七十九岁。

第三节　程嘉燧著作概述

程嘉燧传世诗文集主要有三部:《松圆偈庵集》共上、下两卷,收录文章133篇。《松圆偈庵集》成书于程嘉燧在山西充任幕僚期间,其居所名为“偈庵”,《松圆偈庵集》的文集名即由此而来。

同样是在上党,程嘉燧编订了先前所创作的诗歌作品,结集为《松圆浪淘集》,共得18卷,计943首。

《松圆浪淘集》的由来可以上推至万历四十年(1612)。是年,程嘉燧与瞿式耜结伴由长江水道从武昌返嘉定,舟中无事,瞿式耜提议程嘉燧吟咏旧时诗作以助兴,待船行至南京,瞿式耜已录得程氏旧作七百余篇,不久,这些诗作就在一定范围内得到了传播,“李长蘅、汪无际各传写之,钱受之与好事尤亟称之”。程嘉燧客居上党期间,继续增订旧作,全集诗作的数量扩至近千篇之数。

《松圆浪淘集》是程嘉燧所有著作中最为重要的一部。关于书名的来历,程嘉燧曾专门有过解释:“题曰浪淘者,以余宿习旧质,已在忆忘之间,似沉沙然,偶为惊涛激浪所淘汰而出之者耳,非僭引昔贤赤壁词语也。”①

《松圆浪淘集》18 卷，可按照创作时期分为 18 个阶段，此诗集是一部见证了诗人程嘉燧生平、行迹以及心路历程的作品集。

《涉江卷》，作于万历十一年至十八年间（1583—1590），凡诗歌 56 首。诗人“丙戌春，侍疾金山寺。戊子，过江视闵氏妹。己丑，江行见王弇州公白下，乞铭。遂归歙下兆。‘涉江’，志思亲也”②。

《春盘卷》，作于万历十九年至二十年间（1591—1592），凡诗歌 55 首。1591 年二月，程嘉燧跟随李氏表叔还乡祭扫，而后同登白岳，游西湖。翌年，送弟至瓜州，继而日日伴随徐公，丘、张二丈左右，言志抒怀。

《山楼卷》，作于万历二十一年至二十二年间（1593—1594），凡诗歌 54 首。1593 年，程嘉燧由余杭归歙县，治办墓葬地。1594 年春，诗人“东行，冬月，返葬。除夕泊舟于严滩下”③。

《蓬户卷》，作于万历二十三年至二十五年间（1595—1597），凡诗歌 47 首。1595 年正月，程嘉燧从歙县返吴，并同孙履和游于河南大梁。万历二十四至万历二十五年间（1596—1597），程嘉燧闲居在家，平日与丘、张二丈及唐时升、娄坚等人伴游，欲买田于嘉定城南未果。

《空斋卷》，作于万历二十六年至二十七年间（1598—1599），

---

① 程嘉燧：《浪淘集序》，《松圆偈庵集》卷上，《续修四库全书·集部·别集类》第 1385 册，上海：上海古籍出版社 1997 年版，第 741 页。

② 程嘉燧：《松圆浪淘集》，《续修四库全书·集部·别集类》第 1385 册，上海：上海古籍出版社 1997 年版，第 592 页。

③ 同①。

凡诗歌40首。“时张茂仁丈客松海雨雪中，有《空斋行》”①。

《咏古卷》，作于万历二十八年至二十九年间（1600—1601），凡诗歌44首。程嘉燧游通州，作咏古诗，并与殷无美同舟至锡山邹园，江阴君山、虞山、孙氏大石山房等地。

《溪堂卷》，作于万历三十年至三十一年间（1602—1603），凡诗歌38首。万历三十年（1602）春，程嘉燧与刘价伯、孙履和同宿留溪堂，后孙履和赴安徽六安。翌年秋，诗人游白下。

《移居卷》，作于万历三十二年至三十四年间（1604—1606），凡诗歌44首。万历三十二年（1604）春，程嘉燧在吴淞戚公外馆居数月。万历三十四年（1606），诗人移居龚氏舍旁。

《雪浪卷》，作于万历三十四年至三十五年间（1606—1607），凡诗歌61首。万历三十四年（1606）夏，程嘉燧听雪浪师谈《楞严经》于惠山河浒庵。是年秋，诗人再度游白下。十月，程嘉燧在资善寺听雪浪师讲《圆觉经》《金刚经》，万历三十五年（1607）正月初七，两人别去。

《遇琴卷》，作于万历三十六年至三十七年间（1608—1609），凡诗歌46首。万历三十六年（1608），宋钰为程嘉燧题“遇琴馆”一幅。万历三十七年（1609）春，“翁吾鼎复自闽至，余送入郡，因游钱塘，值鲍溪父留许成之家”②。

《春湖卷》，作于万历三十七年至三十八年间（1609—1610），凡诗歌57首。程嘉燧“再至湖上。冬，之武昌”③。

---

① 程嘉燧：《松园浪淘集》，《续修四库全书·集部·别集类》第1385册，上海：上海古籍出版社1997年版，第592版。

② 同①。

③ 同①。

《荆云卷》，作于万历三十八年至三十九年间（1610—1611），凡诗歌52首。万历三十八年（1610）夏，娄坚、李流芳先邀程嘉燧一同游楚。万历三十九年（1611），诗人客于武昌。

《春帆卷》，作于万历四十年至四十一年间（1612—1613），凡诗歌60首。万历四十年（1612）二月，程嘉燧由武昌返乡，与瞿起田同舟，途中追录旧作八百首。是年秋，诗人居于城南塾中，与唐孟先同舍而居。万历四十一年（1613）冬，挚友莆田宋比玉至。

《松寥卷》，作于万历四十二年至四十三年间（1614—1615），凡诗歌48首。是年，程嘉燧客居扬州方季康家，游焦山。

《雪江卷》，作于万历四十四年（1616），凡诗歌47首。是年，闵氏妹讣告至，程嘉燧赶赴镇江。

《吴装卷》，作于万历四十五年至泰昌元年间（1617—1620），凡诗歌107首。万历四十五年（1617），程嘉燧居阊门。万历四十六年（1618），程嘉燧居上党，并陪同太仓季明孺游太原。

《易水卷》，作于天启元年至四年间（1621—1624），凡诗歌36首。天启元年（1621）冬，程嘉燧过易水，作怀古诗。天启三年（1623）十二月，程嘉燧出居庸关，入雁门关，复经上党。天启四年（1624）元日，诗人由高平登太行，拜谒孔子回车庙，后渡河至汴梁。

《尝甘卷》，作于天启四年至五年间（1624—1625），凡诗歌51首。天启四年（1624）正月十五日，程嘉燧作《尝甘诗》，二月初一返回新安。天启五年（1625）夏，赴吴中。

程嘉燧的又一重要诗文别集为《耦耕堂集》，计5卷，其中包括诗集上、中、下三卷，计诗225首，文集上、下两卷，计52篇。

集中诗文作于天启年间至崇祯十六年（1643）冬十二月，属程嘉燧晚年返乡后辑录的作品集，后由嘉定孙介甫（程嘉燧女婿）整理并刊刻行世。耦耕堂位于常熟虞山西麓，是程嘉燧与钱谦益读

书偕隐十余载的居所。钱谦益在诗序中曾有介绍:

天启初,孟阳归自泽潞,偕余栖拂水。涧泉活活循屋下,春水怒生,悬流喷激,孟阳乐之,为亭以踞涧右,颜之曰“闻咏”。又为长廊,以面北山,行吟坐卧,皆与山接。“朝阳榭”“秋水阁”次第落成,于是“耦耕堂”之名,遂假孟阳以闻于四方。”①

程嘉燧也在《耦耕堂集自序》中道出了《耦耕堂集》的由来,并将数年来东奔西走、浮萍颠簸的行踪一并呈现:

天启乙丑五月,由新安至嘉定,居香浮阁,宋比玉庚申度岁于此,梅花时所题也。庚午四月,携琴书至拂水,比玉适偕,钱受之嘱宋作八分书“耦耕堂”,自为之记。

壬申春,二子移居西城,余偶归,而唐兄叔达适至……先是辛未冬,娄兄物故,已不及见移居。甲戌冬,余展闵氏妹墓于京口五州山下,过江还则已逼除。因感老成之无几相见,遂留此,日夕与唐兄寻花问柳东邻西圃,如是者二年,而唐兄亦仙去。

丁丑,受之以诬奏逮系,予待之湖上。戊寅秋放归,庐居丙舍,馆予于东偏之花信楼,复相从者二年。

庚辰春,主人移居入城,予将归新安。仲冬,过半野堂,方有文酒之燕,留连惜别,欣慨交集,且约偕游黄山,而予适后

① 钱谦益:《耦耕堂集序》,《耦耕堂集》,《续修四库全书·集部·别集类》第 1386 册,上海:上海古籍出版社 1997 年版,第 1 页。

期。辛巳春，受之过松圆山居，题诗壁上，归舟相值于桐江，篝灯永夕，泫然而别。余既归山中，暇日追录遗忘，辑数年来诗文为二帙。①

此外，程嘉燧还辑有《破山兴福寺志》四卷，并选编有明代诗人李东阳的作品集《怀麓堂诗钞》，以及与钱谦益共同选编的明代沈周诗集《石田诗钞》。限于研究范围，此后三种，并不是本书的研究关注点。

明中叶以后，山人墨客标榜成风，稍能舞文弄墨之人纷纷厕身食客之班，借投士大夫、富商以牟利，而士大夫、富商亦借山人以谋声名，如果诗人名气在外，自然会受到达官贵人的追捧，后者是希望以此来塑造自己礼贤下士的名望。无疑，程氏的这种创作态度，是与明季"翩然一只云中雀，飞来飞去宰相衙"的庸俗山人的价值观迥然不同的。对布褐终身的程嘉燧来说，诗歌是一种行为方式和生存状态，更是一曲"心声"。这种蕴涵情感特质的诗歌使一介布衣的程嘉燧在士人集团与布衣群体中左右逢源，声名远扬。

通过研读程氏诗文集，我们可以明显体察到诗人旺盛的交游能力与广泛的交游圈，难以计数的应酬之作、唱和之章俨然成为程氏诗文集中的大宗，并构成诗人吟咏性情时极富个人色彩的律动。钱谦益在《列朝诗集小传》中大力褒扬程嘉燧时，就着重提到程嘉燧在诗歌创作中对于真性情的讲求：

其为诗主于陶冶性情，耗磨块垒，每遇知己，口吟手挥，洒

① 程嘉燧：《耦耕堂集自序》，《耦耕堂集》，《续修四库全书·集部·别集类》第1386册，上海：上海古籍出版社1997年版，第3页。

洒不少休。若应酬牵率骫骳说众之作,则薄而不为。①

钱谦益眼中的程嘉燧可谓是与之同时代的诗人中,才华最为出众的那一个。毋庸讳言,作为程嘉燧的莫逆之交,钱谦益在叙述挚友学诗、创作的经历时不无夸饰之词,但钱氏作为当事者,其言词仍具有一定的史料价值。

清康熙四十三年(1704),歙人汪洪度刻《新安二布衣》,在新安众布衣诗人中慎选程嘉燧、吴兆两位诗作合为一册,版刻行世,足见二者在当时已声名斐然。清代王士禛应邀为此书作序并称赞道:

> 予弱冠游京师,与故刑部侍郎六合李公谈艺甚合,尝论有明布衣之诗,予首举吴兆、程嘉燧……后四十年,歙门人汪生洪度以书来京师,请曰:"先生宿昔论明布衣诗,极推吴非熊、程孟阳,海内莫不闻两先生皆新安产也!其集俱在,然薪楚丛脞,恐不足以传远。洪度为乡后进,与有斯文之责,敢以请。"予嘉其谊,乃以暇日芟其繁芜,撷其菁华,各得诗三百余篇,定为八卷。②

作为清代诗坛的"开国宗臣",王士禛的此番评价似已成为后世不敢贸然颠覆的定论。同书宋荦所作序亦开篇明义:

① 钱谦益:《松圆诗老程嘉燧》,《列朝诗集小传》丁集下,上海:上海古籍出版社1983年版,第576页。

② 王士禛:《新安二布衣诗序》,《四库禁毁书丛刊·集部》第155册,北京:北京出版社1997年版,第2页。

> 明末新安二布衣,一为程嘉燧孟阳,一为吴兆非熊,皆以诗名天下,钱宗伯牧斋最赏之。今大司寇新城王先生复有同好焉,尝取二布衣诗集,搜英剔华,选存大半。其门下士新安汪于鼎、吴东岩请梓以公世。先生乃远寓书于余,而命以序,所不敢辞。①

钱谦益亦盛赞程氏诗文,并推其为“一代宗主”“晚明一大家”。有钱谦益、王士祯等诗界泰斗的激赏揄扬,从此程嘉燧以“不名一家”的气势称冠明末布衣诗人之首。

① 宋荦:《新安二布衣诗序》,《四库禁毁书丛刊·集部》第155册,北京:北京出版社1997年版,第3页。

第二章 程嘉燧的交游与诗歌创作关系论

正如严迪昌先生所言，对单个诗人、诗歌风貌的体察，只有将其放入由各种心态支配下的群体交游活动中，才可确切把握。如无视特定的历史背景，忽略群体关系，游离交游活动之外，必定与事实之间存在着一定的差距，那么，后人评价和论断的客观真实性就缺失了立足的基础。本章对程嘉燧交游考的论述拟从三个方面切入：程嘉燧与钱谦益的交谊考兼议程氏与名伎柳如是之间的情缘；程嘉燧作为"嘉定四先生"之一，与四先生中的其他三位同邑宿儒的关系；程嘉燧与其他诸人之交游考。程嘉燧的交游群体庞大，涉及各个阶层，除去前两类已论述的钱谦益、柳如是、李流芳、唐时升、娄坚等人，程嘉燧与众多文人士子之间的交游更是充满了书墨清香，留下了大量的交游唱和诗作。

交游唱和诗是中国古代诗歌中的大宗，具体可分为雅集、赠别、寄答、怀友等形式。早在《诗经》里，描写男女情事、离别感怀的篇章就不胜枚举。如《静女》《将仲子》等篇。唐代以来的交游唱和诗更是将此种题材的创作水准推向极致。应举下第、仗剑远游、贬谪出塞、游幕仕宦等文化行为使得文人的活动空间更为宽广，惆怅与悲欢、重逢与离别等情境构建的氛围，无不成为交游唱和诗大行于世的创作契机。毫不夸饰地说，交游唱和活动在一定程度上呈现了唐代诗人的精神风貌与禀赋气质。

明代的交游诗整体艺术成就不高,其原因是多方面的。首先,整个社会氛围缺乏唐人、宋人那种或遒劲或精致的精神气象,明代士人群体的气度胸襟呈现出一种逼仄、病态的气格,对于诗歌这种雅文学、精英文学而言,贫瘠的文化土壤实在难以培植出一流的艺术作品①。

其二,上升到诗歌艺术史的高度来观照。明代,诗歌艺术进入了长达数百年的诗学理论争讼期,一些长期搁置的诗学概念、命题被重新提出,如“因”与“变”,“俗”与“雅”,“格”与“调”,今人蔡镇楚编撰的《中国历代诗话书目》,著录明诗话就有一百五十七部之多。应该说,这一诗歌创作黯淡无光、诗学观念却得以深化的百年准备期为清诗的回光返照埋下了伏笔。

其三,翻检明人文集,千篇一律的交游、雅集、送序充斥其中,触目皆为青蒿白苇。这种交游诗章绝大多数已经成为一种纯粹的应制之作,缺乏情感。归有光在《送同年李观甫之任江浦序》中把雅集、赠序一类诗作解释为“故事”:“同门外补,其留京及未选者,例当分撰文字以送之,而予得李君。夫为文以送行者,必有芬芳之辞,余固拙者之尤,且不能为世俗之语,而于情终不能自已,乃遂勉为之。”②显然,这些频频“勉为之”的文字,其艺术价值就不能不让人质疑了。另外,润笔、卖文之风气早在隋唐就已有记载,而有明一代特盛,翰林、名人撰写送行文章,竟要收取润笔银一两③。若是撰写寿词、寿序、墓志铭,那么润笔更是不菲,钱谦益曾让黄宗羲

① 明代是市民文化上升到极致的时代,相对于诗歌这种精英文艺样式的衰落,以小说、戏曲为代表的通俗文学的勃兴应该在情理之中。

② 归有光著,彭国忠等校点:《震川先生集》卷10,上海:上海人民出版社2020年版,第237页。

③ 叶盛:《水东日记》,北京:中华书局1980年版,第4页。

代笔撰写墓志铭、诗序、庄子注序，后者所收取的润笔竟达3000两白银[①]。不难想见，明人文集中大量的交游唱和诗歌正是产生于这种文化生态环境[②]，其难以卒读就不足为怪了。

程嘉燧的交游唱和诗可以分为雅集、赠别、寄答以及寿序几个部分，就这几类诗歌而论，诗人的创作经过了一个长时间的发展过程。年轻时的诗人好诗酒应酬，很难说没有受到明季酬酢、应制之风的熏染，不少诗篇流于平庸。不过，从程嘉燧整体的创作生涯来看，卓绝特立的诗人尚能坚持艺术操守，与一群志同道合的文人在文坛边缘自铸诗家妙词，加之程嘉燧年寿颇高，历六十年风霜熔淬，直至壮、暮之年，诗风之波澜终现老成，诗技臻于圆融无迹的境界。程嘉燧是明季江南名士，结识广泛，但诗人的交游圈却带着明显的个性色彩，即以布衣诗人、画家、书法家、平民、艺伎等群体为主。具体而论，则唐时升、娄坚、李流芳、宋珏、钱谦益、柳如是等人无疑占据了程嘉燧交游圈的中心位置。

① 古今图书局编译：《风俗》，《古今笔记精华录》卷4，扬州：江苏广陵古籍刻印社1990年影印版，第57页。

② 诗歌文化生态环境是指从诗人生物圈出发，以系统网络的观点，考察自然、社会、文化生态环境对诗人生存状态、精神心态的决定性影响，进而研究文学主体生态对文学作品心态的作用机理和规律，以及诗人个体生态、群体生态和生态系统与文学产生、存在和发展之间的相互关系。

第一节 “结纳贤伉俪”

——程嘉燧与钱谦益、柳如是交游考

一、莫逆之交——钱谦益

钱谦益（1582—1664），字受之，一字牧斋，晚号蒙叟、绛云老人、敬他老人、东涧遗老等，江苏常熟人，常熟境内有虞山雄踞，故其又自称虞山老民。明、清之际著名的诗人、古文家。清初诗坛上“凌中原而雄一代”的虞山诗派，即是受到钱氏的影响而创立。其诗文创作与文学主张对当时文坛产生了巨大影响。有《初学集》一百一十卷、《有学集》五十卷，编纂有大型明诗总集《列朝诗集》八十一卷，《钱注杜诗》五卷及史学著作《国初群雄事略》等作品存世。

钱氏家族以《春秋》为家学，钱谦益六岁开蒙，研治《春秋》，兼习《史记》《汉书》，从中深受启迪。万历二十四年（1596），钱谦益正式拜顾宪成为师，接受心学思想的启蒙。随着学识渐长，钱氏更倾向于汲取泰州学派的心学思想，而摒弃先前所学。万历二十六年（1598），十七岁的钱谦益补苏州府学生员，其文才深受耀州王图赏识，并告遍东南诸公，以为半千（唐代员半千）复出。万历三十五年（1607），钱谦益游学于管志道门下，其早年的心学思想即由此发端。万历三十四年（1606），钱谦益举于乡。次年，北上会试不第，归后，钱谦益开始“覃精研思，刻意学唐宋古文，因以及金元元裕之（元好问）、虞伯生（虞集）诸家，少得知古学所从来，与为文之阡陌次第”。①

① 钱谦益：《答山阴徐伯调书》，《牧斋有学集》卷 39，上海：上海古籍出版社 1996 年版，第 1347 页。

但正是此次北上之行，使钱谦益结识了李流芳，钱谦益在后来的文章中回忆道："为举子，偕李长蘅上公车。"同行途中，钱谦益将自己的文章拿与李流芳品评，后者的评价让钱谦益大感意外。"长蘅见其所作，辄笑曰：'子他日当为李、王辈流。'仆骇曰：'李、王而外，尚有文章乎？'长蘅为言唐、宋大家，与俗学迥别，而略指其所以然。仆为之心动，语未竟而散去。浮湛里居又数年，与练川诸宿素游，得闻归熙甫之绪言，与近代剽贼雇赁之病。"①李流芳的评价直接针砭"七子"学派，这让钱谦益固有的文学信念开始出现了动摇。

李流芳与程嘉燧不仅有亲缘关系，且师出同门，皆为归有光弟子。借此机缘李流芳顺势向钱谦益推介了程嘉燧："吾两人才力识趣不同，其好友朋而嗜读书则一也。他日世事粗了，筑室山中，衣食并给，文史互贮，招延通人高士，如孟阳辈流，仿佛渊明、南郭之诗，相与咏歌皇虞，读书终老，是不可以乐而忘死乎？"②显然，筑室山中、读书终老也同样是钱谦益的平生所向，加上早前程嘉燧的《松圆浪淘集》在文士圈传抄时已经引起钱谦益的关注，这都为钱、程二人的亲密定交做了铺垫。钱谦益曾经回忆道："余取友于嘉定，先后辈流，约略有三。初为举子，与徐汝廉、郑闲孟掉鞅于词科，而长蘅同举乡榜，镞镢文行，以古人相期许，此一辈也。因长蘅得交娄丈子柔、唐丈叔达、程兄孟阳，师资学问，俨然典型，而孟阳遂与余耦耕结隐，衰晚因依，此又一辈也。"③

---

① 同①。

② 钱谦益：《耦耕堂记》，《牧斋初学集》卷45，上海：上海古籍出版社1985年版，第1138页。

③ 钱谦益：《张子石六十寿序》，《牧斋有学集》卷23，上海：上海古籍出版社1996年版，第929页。

万历三十八年(1610),钱氏再次赴京应考,这一年是晚明文坛上一个重要的年份,同年应试的还有袁中道、钟惺、韩敬、马之骏等,都是饮誉晚明文坛的角色。借此次庚戌会试的机会,钱谦益与众多举子结社修业,探讨文法,从钱氏的交游活动及当时的文章中可知,至少在那一阶段,钱氏的文学主张仍是复古观念占据主流,直至程嘉燧出现,并在后者的影响下,其观念开始了动摇乃至最终彻底的改弦更张。

据孙之梅先生在《钱谦益与明末清初文学》一书中的考证,程嘉燧与钱谦益应在万历四十五年(1617)于常熟首次会面,并"一见而莫逆于心",时年程嘉燧53岁,钱谦益32岁。

钱谦益对程嘉燧诗作中不同于流俗的风格大为赞叹。他身边急切地需要一位像程嘉燧这样,能给予他全新诗学观念启迪的人。当年的庚戌科场,台阁原欲拟钱谦益为第一,万历皇帝却拔韩敬为第一,钱谦益第三,钱谦益对状元归属一事长期无法释怀,而此次纷争不仅引起钱谦益与韩敬、钟惺反目,亦使钱氏与竟陵派之间初起隔阂。之后,钱氏赋闲家居潜心文法,对秉持文风的竟陵派愈趋不满,急切想以一种新的诗学观念来超越竟陵派的主张,诗人程嘉燧的出现,恰逢其时。可以说,程嘉燧的诗学主张正是钱谦益长久以来苦苦求索而不可得的。同样,面对文坛新贵钱谦益,穷困布衣身份的程嘉燧自然也是无法拒绝的。钱谦益定居常熟虞山后,程嘉燧便不时往返于嘉定与常熟之间,与钱氏探讨诗法,研习诗艺。"万历丁巳之夏,予有幽忧之疾,负疴拂水山居。孟阳从嘉定来,流连旬月。山翠湿衣,泉流聒枕,相与顾而乐之,遂有栖隐之约。"[1]

---

① 钱谦益:《耦耕堂记》,《牧斋初学集》卷45,上海:上海古籍出版社1985年版,第1137页。

无奈，此时程嘉燧已接受方有度的邀约，“有长治之役”，即将远赴山西，短暂一聚后便“卒卒别去”。

天启元年（1622）八月，明熹宗任命钱谦益担任浙江乡试主考官。而钱谦益的宿敌韩敬恰是浙江人，为报十年前东林党人弹劾免职之仇，韩敬联合沈德符以浙江乡试科场舞弊、“关节受贿”等莫须有的罪名来诬陷、弹劾钱谦益，钱谦益试后还朝始知受到构陷，虽然没有被免职，但朝中同僚恐涉牵连，都对钱谦益避而远之，钱谦益遭遇到入仕后的第一次政治打击，情绪陷入低谷。转机出现在此年年底，当是时，程嘉燧亦从山西北上随同方有度进京觐见，两位老友自丁巳一别，五年后终在京师重逢。北京的重聚，令程、钱二人的友情明显增进了一层。当时的程嘉燧在文坛已经颇有名望，京城的权贵几欲招纳以充门面，但程嘉燧都选择避而不见，却独独不避嫌与钱谦益往来会面。天启二年（1622）七夕，二人共度，结伴游赏，言谈中忆及拂水旧事，难免心生感怀，程嘉燧作《中峰夜雨图》一幅，并赋诗三首以为记。关节案真相大白后，钱谦益被夺俸三月，是年冬，他称病乞归常熟，就此与程嘉燧再度分别。

天启四年（1624）秋，钱谦益应招赴阙，以太子谕德兼翰林院编修，充经筵日讲官，历詹事府少詹事，纂修《神宗实录》。可好景不长，钱谦益因与东林党魁杨涟交谊深厚，而被阉党视作东林派之“浪子燕青”，受到御史崔呈秀和陈以瑞的弹劾。天启五年（1625）五月，钱氏被削籍归乡。面对政治生涯的第二次挫折，钱谦益心情极端压抑，不由叹息道：“天启中，予遭钩党之祸，除名南还。途中为诗曰：‘耦耕旧与高人约，带月相看并荷锄。’盖追思畴昔之约，而悔其践之不早也。”①诗中钱谦益想要退隐归乡的念头已经十分明显，以至于懊恼自己为什么不早点践行与程嘉燧的丁巳之约，相伴读书山中。可能算是对其失意人生的一丝安慰，同一年，年过六旬的友人程嘉燧在客居山西近7年后终于有了归乡的打算，既然有丁巳之约在前，钱谦益和拂水山居自然是最佳的选择。天启五年(1625)至崇祯元年(1628)间，程嘉燧居留拂水山居，事实上，“耦耕堂”就是钱谦益在拂水山居专为程氏修建的别业，“耦耕堂在虞山西麓下，余(钱谦益)与孟阳读书偕隐之地也”。

崇祯元年(1628)七月，钱谦益应召赴京，不过数月，洊擢詹事，转礼部右侍郎，兼翰林院侍读学士，协理詹事府事。十月，宿敌温体仁又以浙闱事发难，谓其结党营私，崇祯帝偏听偏信而不顾公论。不久，钱谦益又遭革职回籍听勘。连同章允儒、瞿式耜、房可壮等人，皆被诬为同党，并遭受不同程度的降谪处置。枚卜失败，对一度热衷政治的钱谦益而言，几乎是致命的。在进呈崇祯帝的《蒙恩昭雪恭伸辞谢微悃疏》中，他写道：“自今以往，益坚素心，自守朴学。耕山钓水，长为清白之民；诵诗读书，终老铅丹之业。”②无尽的党争和连续的政治打击令钱谦益心灰意冷，他决心远离政治，退隐山间，寄希望于耕读生涯中觅得半点宁静。崇祯二年(1629)，钱谦益在拂水山居大兴土木，整修房舍，为迎接程嘉燧的到来做准备。崇祯三年(1630)，丁巳之约最终兑现，程嘉燧受邀前往拂水山居，他本人也将此地视为一个绝佳的落脚处，曾表示

① 钱谦益：《耦耕堂记》，《牧斋初学集》卷45，上海：上海古籍出版社1985年版，第1137页。

② 钱谦益：《蒙恩昭雪恭伸辞谢微悃疏》，《牧斋初学集》卷87，上海：上海古籍出版社1985年版，第1814～1815页。

"我依虞山,始将终老"。此后的十年时间,程嘉燧与钱谦益一起晨夕伴游,读书诵诗,留下了大量的诗文作品。程嘉燧晚年编撰的《耦耕堂集》,书名正是出于对这一段拂水山居共处岁月的感怀。崇祯五年(1632),因儿子乔迁新居,程嘉燧暂返嘉定,此间与唐时升的重逢,令他对旧友、故乡多了一份眷念,其后几年,程嘉燧开始间断地返回嘉定暂住,但这并不妨碍钱、程之前约定的偕隐生活节奏。这一情形一直持续至崇祯十三年(1640),一切因柳如是的到访戛然而止。

程嘉燧与柳如是是旧识。崇祯三年(1630),谢三宾刊刻的《嘉定四先生集》在江南士子间广泛传阅,而令"嘉定四先生"声名鹊起。出于对四先生文才的仰慕,"亦思仿效草衣道人之所为",自崇祯七年(1634)起,柳如是先后两次到访嘉定,程嘉燧凭借在四先生中的高声望,而格外获得柳如是的青睐。程嘉燧曾为其作有《朝云诗》《緪云诗》等作品,情愫颇为暧昧。陈寅恪先生在《柳如是别传》中根据细节考证,认为程嘉燧单方面对柳如是甚有"野心"。但戏剧性的一幕发生在崇祯十三年(1640),经汪无际引荐,柳如是与钱谦益相识并一见倾心,订下终身之约。面对此等情状,程嘉燧的难堪、尴尬和痛苦可想而知。是年底,程嘉燧与钱谦益作别欲返新安,临行前,他给钱、柳二人赠诗一首《感别半野堂叠前韵》,其中写道:

何处珠帘拥莫愁,笛床歌席近书楼。
金炉银烛平原酒,远浦寒星剡曲舟。
望里青山仍北郭,行时沟水向东头。

老怀不为生离苦，双泪无端只自流。①

文字之中颇显伤感之情。不过，席间他还是应允了钱谦益与他许下的次年（崇祯十四年）同游杭州、黄山之约。

第二年，钱谦益如约前往，程嘉燧却故意爽约不至。对此，陈寅恪先生在《柳如是别传》中分析道：

松圆与牧斋两人平生论诗之旨极相契合一点，兹姑不论。唯就崇祯十三四年冬春之间，两人之交谊言之，则殊觉可笑可怜。松圆本欲徇例往牧斋家度岁，忽遇见河东君亦在虞山，遂狼狈归里。牧斋又约其于西湖赏梅。松圆因恐河东君亦随往，故意负约不至杭州，俟牧斋独游新安，访孟阳于长翰山居，孟阳又复避去，盖未知河东君是否同来之故。②

钱谦益返程途中，程嘉燧得知柳如是并未随行，立刻“驾渔艇截流溯之”，在桐庐江面上匆匆一聚，两人“相见一笑”，程嘉燧“随出汪长驭家王蒙《九峰图》及榆村程因可王维《江雪卷》同观”，钱谦益示以黄山纪游诸诗供老友品读，“读未半而风雨骤至”。③ 钱谦益在《耦耕堂集序》中回忆道：“辛巳春，约游黄山，首途差池，归

① 程嘉燧：《感别半野堂叠前韵》，《耦耕堂集》诗卷下，《续修四库全书·集部·别集类》第1386册，上海：上海古籍出版社1997年版，第38页。

② 陈寅恪：《河东君过访半野堂及其前后之关系》，《柳如是别传》，上海：上海古籍出版社1980年版，第614～615。

③ 程嘉燧：《题归舟漫兴册》，《耦耕堂集》文卷下，《续修四库全书·集部·别集类》第1386册，上海：上海古籍出版社1997年版，第77页。

舟值孟阳于桐江，篝灯夜谈，质明分手，遂泫然为长别矣。”[1]匆匆一别，从此生死相隔。

崇祯十六年（1643），冬，程嘉燧卒于徽州长翰山，临终前一月，程嘉燧还在为钱谦益的《牧斋初学集》作序，他也意识到自己可能时日不多，故有“盖绝笔也”一句。这是诗人献给故友的最后一份心意。程嘉燧故去，“逾年而有甲申三月之事”，在经历了一系列世事沧桑后，钱谦益忆及这位至交好友时，感伤地叹息道：“悠悠世事，一切摆落。惟故人如孟阳、长蘅，时时入梦想中。”[2]

二、诗酒情缘——柳如是

明季文人好与名妓诗酒酬酢，士大夫们以流连声妓、选色征歌为雅事。江南地区因经济繁荣，此风尤盛。翻阅余怀《板桥杂记》可知，“妓家分别门户，争妍献媚，斗胜夸奇。凌晨则卯酒淫淫，兰汤艳艳，衣香一园；亭午乃兰花茉莉，沉水甲煎，馨闻数里；入夜而擫笛搊筝，梨园搬演，声彻九霄”[3]。文人结社雅集，于诗歌酬答之际，妓女的身影亦穿梭其间。具备写作能力的妓女参与诗文创作在晚明逐渐形成风气，成为名妓与士大夫交往的新形式。这其中，最有名的例子莫过于柳如是。

柳如是（1618—1664），浙江嘉兴人，因读辛弃疾《贺新郎》中“我见青山多妩媚，料青山见我应如是”，故自号如是，一字蘼芜，

---

① 钱谦益：《耦耕堂集序》，《耦耕堂集》，《续修四库全书·集部·别集类》第1386册，上海：上海古籍出版社1997年版，第1页。

② 钱谦益：《题檀园墨戏册》，《牧斋杂著》下，上海：上海古籍出版社2007年版，第851页。

③ 余怀撰，苗怀明注评：《雅游》，《板桥杂记》，郑州：中州古籍出版社2016年版，第13页。

又称河东君。柳如是堪称有明一代风尘奇女子。徐天啸曾有评价“其志操之高洁,其举动之慷慨,其言辞之委婉而激烈,非真爱国者不能”。柳如是以超绝的才貌胆识而周游于吴越诸名士间。二十四岁归宗伯钱谦益,钱氏卒,自缢于家,年四十七。著有《戊寅草》《湖上草》《柳如是尺牍》《我闻室鸳鸯楼词》《红豆村庄杂录》《河东君诗文集》,《东山酬唱集》中亦录有其诗。然其作品存世较少,今仅存《戊寅草》《湖上草》藏于浙江省图书馆。

据钱肇鳌《质直谈耳》中的介绍:

> 柳如是……其家姓杨,乃以柳为姓,自呼如是。扁舟一叶,放浪湖山间,与高才名辈相游处,其在云间,则宋辕文、李存我、陈卧子三先生交最密。时有徐某者,知如是在畲山,以三十金与鸨母求一见。徐,蠢人也,致语云:“久慕芳姿,幸得一见。”如是不觉失笑。又云:“一笑倾城。”如是乃大笑。又云:“再笑倾国。”如是怒而入,呼鸨母问:“得金多少,乃令此奇俗人见我!”知金已用尽,乃剪发一缕付之:“以此偿金可也。”又徐三公子为文贞之后,挥金求与往来,如是得金,即以供三君子游赏之费,如是者累月。三君意不安,劝如是稍假颜色,……因勖徐曰:“君不读书,少文气,吾与诸名士游,君厕其间,殊不雅,曷不事戎武,别作一家人物,差可款接耳。”徐领之。①

柳如是凭借自身的才名,在当时已经有选择交际对象的主动权,文中提到的徐某和徐三公子,正是因为达不到“名士”的标准,

---

① 钱肇鳌:《柳如之逸事》,《质直谈耳》卷7,清道光年版。

而被柳如是拒绝在自己的社交圈外。

另据陈寅恪先生《柳如是别传》中所考：才色俱为一流，知书善诗律，分题步韵，顷刻立就。兼有权谋胆识，性情警策，远非寻常女子可比，虽沦落风尘，但倾慕者甚众，“四方名士，无不接席唱酬”①。在归附钱谦益之前，曾与多位名士过从甚密，其中不乏陈子龙、程嘉燧、唐时升、谢三宾、李待问等江南名士。

柳如是与程嘉燧的交往主要集中于柳氏赏游嘉定期间。崇祯七年(1634)、崇祯九年(1636)，柳如是曾先后两次前往嘉定。

崇祯七年(1634)时，柳如是尚居松江，与嘉定毗邻，因此决意作嘉定游，据陈寅恪先生推测，柳如是此行之目的可能与谢三宾刊刻《嘉定四先生集》有关。该文集刊成于崇祯三年(1630)，至崇祯七年(1634)已隔四年，明季江南的信息流通已很发达，那么，《嘉定四先生集》在吴中名士间广泛传播也就不足为奇，拜读此集后的柳如是欣然前往嘉定欲结交程嘉燧等名士，也在情理之中了。

首次嘉定行的情形，我们可从程嘉燧的诗中一探大概，《耦耕堂集》中录有二十余首关于柳如是的诗，最早的属组诗《朝云诗》八首，即是咏柳如是首次嘉定行的情事。据陈寅恪先生在《柳如是别传》中的分析：“上海合众图书馆藏《耦耕堂存稿诗》钞本上中下三卷。其中卷载有《朝云诗》八首(孟阳之婿孙石甫介藏钞本，题作《艳诗》。刻本钞补题作《朝云诗》。此原钞本，本题《朝云诗》，旁用朱笔涂改‘伎席’二字)。”②其时，程嘉燧已年届七旬，但柳如

① 陈寅恪：《河东君与“吴江故相”及“云间孝廉”之关系》，《柳如是别传》，上海：上海古籍出版社1980年版，第233页。

② 陈寅恪：《河东君嘉定之游》，《柳如是别传》，上海：上海古籍出版社1980年版，第144页。

是的出现，令原本已经皈心禅寂的松圆诗老陷入了无法自拔的单相思中，一时间方寸大乱，所作诗文也不免染带上绮艳缱绻的气息。见《朝云诗》其一、其四、其五三首：

其一：

买断铅红为送春，殷勤料理白头人。
蔷薇开遍东山下，芍药携将南浦津。
香泽暗菲罗袂解，歌梁声揭翠眉颦。
癫狂真被寻花恼，出饮空床动涉旬。

其四：

邀得佳人秉烛同，清冰寒暎玉壶空。
春心省识千金夜，皓齿看生四座风。
送喜觥船飞凿落，助情弦管斗玲珑。
天魔似欲窥禅悦，乱散诸花丈室中。

其五：

城晚舟回一水香，被花恼彻只颠狂。
兰膏初上修蛾睩，粉汗微消半额黄。
主客琅玕情烂熳，神仙冰雪戏迷藏。
谁能载妓随波去，长醉佳人锦瑟傍。①

其一描写的是柳如是宿于城外蕅园的情景。柳如是到访嘉定，程、唐诸老皆为之癫狂倾倒，痴迷不绝，殷勤款待。其四则记录了宴席之上，宾主双方欢饮达旦的场面。“邀得佳人秉烛同，清冰

① 程嘉燧：《朝云诗》，《耦耕堂集》，《续修四库全书·集部·别集类》第1386册，上海：上海古籍出版社1997年版，第22～23页。

寒�玉壶空”,寒夜已深,众人依旧没有散席之意。柳如是当时已摆脱了与陈子龙之间的情感纠葛,此行又得到程、唐诸老的追攀倾慕,因此情致高昂,在席间谈笑自若,令四座惊叹。但无奈的是柳如是寄居城外,城门将闭,众人不得不中断宴席,一同乘舟返回城外寓所。

从崇祯七年(1634)暮春至初秋,柳如是流连于嘉定诸老之间,朝夕宴游,不胜欢欣,及至临别之期仍感意犹未尽,于是与诸老约定,崇祯九年(1636)丙子正月重游嘉定。

第二次嘉定之行的具体时间为崇祯九年(1636)正月至二月末,与之前一样,程嘉燧作有《緪云诗》八首为记。此行,柳如是与程嘉燧的关系似乎更为密切,甚至还曾在程嘉燧家中留宿两晚。事后追忆,程嘉燧心绪复杂,将自己的欣喜、不舍与离别后的怅然若失全部杂糅进了诗中,见《緪云诗》其三、其四:

其三:

朝檐天外鹊来声,夜烛花前太喜生。

娄尾宴收灯放节,埽眉人到月添明。

香尘澒洞歌梅合,钗影差池宿燕争。

等待揭天丝管沸,彩云緪定不教行。

其四:

梅飘粒粉听无声,柳着鹅黄看渐生。

雷茁玉尖梳底出,云堆煤黛画中明。

不嫌昼漏三眠促,方信春宵一刻争。

背立东风意无限,衩腰珠压丽人行。

其七:

夜半空阶细雨声,晓寒池面绿萍生。

悠悠春思长如梦，耿耿闲愁欲到明。
三月天涯芳草歇，一番风信落花争。
茫茫麦秀西郊道，不见香车陌上行。

其八：

闲坊归处有莺声，白发伤春泪暗生。
无计和胶粘日驻，枉拌不睡泥天明。
千场绿酒双丸泻，一朵红妆百镒争。
不见等闲歌舞散，风前化作彩云行。①

其三、其四两首，文辞之间洋溢的热情几乎难以抑制。得以与柳如是共处一室，程嘉燧居然有了“不嫌昼漏三眠促，方信春宵一刻争”的感慨，已然忘却自己其实已是古稀之年的老翁，早就不适合谈情说爱，但仍旧沉醉其中无法自拔，柳如是更是被其唤作“云生”“云娃”“杨朝”，《二月上浣同云娃踏青归雨宴达曙用佳字》《六月鸳湖饮朱子暇夜归与云娃惜别》即是同时期作品。

组诗其七，与之前几首相比，诗人的情绪急转直下，完全不见了欢聚时的欣喜若狂转而变得忧郁感伤，乃至生发出恨时伤春的遗憾失落感。这明显是在柳如是离开后不舍心境的投射，可见程嘉燧对柳如是的痴情执念，爱慕至深。

但上天似乎在有意捉弄这位古稀老人，崇祯十三年(1640)庚辰冬，在决计返回新安前，程嘉燧最后一次前往虞山半野堂欲与钱谦益作别，不巧的是，柳如是也在同一时间来到半野堂拜会钱谦益。史载，是年冬，柳如是“扁舟访宗伯，幅巾弓鞋，著男子服。口

① 程嘉燧：《緪云诗》，《耦耕堂集》诗卷中，《续修四库全书·集部·别集类》第1386册，上海：上海古籍出版社1997年版，第26～27页。

便给，神情洒落，有林下风”[①]。钱谦益一见便大为赞赏，“谓天下风流佳丽，独王修微、杨宛叔与君鼎足而三”，于是二人“留连半野堂，文燕浃月。越舞吴歌，族举递奏；《香奁》《玉台》，更唱迭和”。[②]

嘉定之行后一别数载，程嘉燧再次见到曾经的倾慕对象，竟然是在其主动趋近自己的至交，并自表托身意愿之际。可以想见程嘉燧当时的心境是何等的酸涩凌乱，但为了顾及与钱谦益的情谊和自己的颜面，程嘉燧只能隐忍不发，强作欢喜。在此后的三人伴游途中，钱柳二人酬唱应答，琴瑟相谐，程嘉燧和韵奉赠，相继写下《虞山舟次值河东君用韵辄赠》《再赠河东君用柳原韵》《又次老牧泛舟韵》《感别半野堂叠前韵》等诗作。其中的《虞山舟次值河东君用韵辄赠》，写于崇祯十三年（1640）十二月二日，即程嘉燧在半野堂与柳如是再度重逢时的和韵之作，此时他已知晓钱柳二人的关系，怀着复杂的心绪，他写下了这首内容颇值得玩味的作品：

翩然江上见惊鸿，把烛听诗讶许同。
何意病夫焚笔后，却怜才子埽眉中。
菖蒲花发公卿梦，芍药春怀士女风。
此夕尊前烦料理，故应恼彻白头翁。[③]

前四句，程氏依旧沉浸在与柳如是往昔情缘的回忆中，一度浮

① 陈寅恪：《河东君过访半野堂及其前后之关系》，《柳如是别传》，上海：上海古籍出版社1980年版，第343页。

② 同①。

③ 程嘉燧：《虞山舟次值河东君用韵辄赠》，《耦耕堂集》诗卷下，《续修四库全书·集部·别集类》第1386册，上海：上海古籍出版社1997年版，第38页。

想联翩，无法抽离。他借用曹植《洛神赋》的典故，将柳如是比作自己心目中的洛水女神，令人心神荡漾。"把烛听诗讶许同"，连带柳如是前往程宅借宿，秉烛夜谈的过往也要旧事重提，可见离别数载，程氏翁至今仍对柳氏思念不绝。"此夕尊前烦料理，故应恼彻白头翁"，从美好的记忆中抽离回转到现实中，面对钱柳二人的情投意合，当年柳如是赴嘉定赏游时殷勤料理的"白头翁"，心中颇为"恼彻"，对于柳如是，自己从今以后不能再有任何的非分之想了。

崇祯十四年(1641)钱柳定情，已经跻身四海文宗的钱谦益不顾礼法宗俗的阻挠，坚持以匹嫡之礼迎娶了柳如是，并在半野堂后面为其筑绛云楼，二十四岁的柳如是终于结束了周游于士子之间的漂泊生活。庚辰一别后，程嘉燧也远走新安直至终老，除了彼此间共同的交集钱谦益外，程柳二人再无任何的瓜葛。

第二节　程嘉燧与嘉定诸老交游考

"嘉定四先生"之称最早见于谢三宾所刻《三易集序》："一时以文采、行宜为物望所宗，有四先生焉。四先生者，唐先生叔达、娄先生子柔、程先生孟阳、李先生长蘅。"①后谢三宾合四人之诗文，镂板行世，曰《嘉定四先生集》，"嘉定四先生"之名遂由此传播开来。四位先生在才华上各有侧重：叔达属才子；孟阳归诗人；长蘅风骨高洁，彰显名士风范；娄坚则是学者型文人。

嘉定四先生者虽于诗文书画各有侧重，但就诗歌主张而言，颇

① 唐时升：《三易集序》，《四库禁毁书丛刊·集部》第178册，北京：北京出版社1997年版，第14～15页。

多相似。四人均出自归有光门下，传承归氏衣钵，将“唐宋之说”发扬光大。正如钱谦益在《嘉定四先生集序》中评：

熙甫既殁，其高第弟子多在嘉定，犹能守其师说，讲诵于荒江寂寞之滨。四君生于其乡，熟闻其师友绪论，相与服习而论讨之……熙甫之流风遗书久而弥著，则四君之力不可诬也。四君之为诗文，大放厥词，各自己出，不必尽规摹熙甫。然其师承议论，则经经纬史为根柢，以文从字顺为体要，出车合辙，则固相与共之。[①]

早在明末，文坛就已经有将“嘉定四先生”作为一个派别来观照的说法。崇祯初年，侯峒曾在为唐时升所作的《三易集小序》中评论：

文章之变，作者代起，其于秦汉晋魏六朝唐宋入主出奴，纷如聚讼，近更欲抉去町畦，飚煜电发。而深心好古、不尚雕饰之士，谓吾吴古学一派独在祁川，盖以四先生云。[②]

稍后，嘉定籍文人朱之素在《与友人论文书》中对“嘉定文派”做过更为明确的界定：

① 钱谦益：《四先生集序》，《三易集》卷首，《四库禁毁书丛刊·集部》第178册，北京：北京出版社1997年版，第8页。

② 侯峒曾：《三易集小序》，《三易集》卷首，《四库禁毁书丛刊·集部》第178册，北京：北京出版社1997年版，第12页。

> 若吾邑文献，岂忍泯阙，弟欲以一集分前后编，前编征文，后编征献。征文者以文从事，始于宋之创县，卒于明之崇祯。……吾邑文派，出自昆山。前乎四先生时，如傅元凯之材略，张茂仁之经纶，潘之实之理学，龚子完之政化，皆熙甫入室弟子。今读其遗文轶稿，如亲熙甫，而湮没无传，莫有知为归氏之学者，以此汲汲焉心摹手追，而并不遗憾于娄、唐诸公也。①

文中提到的娄、唐诸公，即与程嘉燧同为“四先生”之列的娄坚、唐时升。嘉定自明代嘉隆以后，就形成了以归有光、四先生等为核心的文人团体，他们在文学思想、创作态度等方面都存在一定的相通性，归氏之遗风因四先生及后学之力，久而弥著，并得到了文坛的认可。如清代黄宗羲在论及当日“时文之士”，“竞为模仿”归有光时，就评价道：“震川一派，遂为黄茅白苇矣。”②著名学者阎若璩也感慨道：“隆庆以后，天下文章萃于嘉定，得有光之真传也。”

一、李流芳

李流芳（1575—1629），字长蘅，一字茂宰，号香海、泡庵，晚号慎娱居士，万历三十四年举人。钱谦益的《列朝诗集小传》上介绍有：“长蘅为人，孝友诚信，和乐易直，外通而中介，少怪而寡可，与

① 乾隆《嘉定县志》，上海府县旧志丛书《嘉定县卷》第2册，上海：上海古籍出版社2012年版，第1332页。

② 黄宗羲：《郑禹梅刻稿序》，《南雷文定》3集卷1，《续修四库全书》第1397册，第468页。

人交,落落穆穆,不为翕翕热。磨切过失,周旋患难,倾身沥肾,无所鲠避。家贫,资脩脯以养母;稍赢,则以分穷交寒士。视世之竖立岸崖,重自表襮者,不啻欲唾弃之。……长蘅书法规橅东坡,画出入元人,尤好吴仲圭。其于诗,信笔书写,天真烂然,其持择在斜川、香山之间;而所心师者,孟阳一人而已。"①

著有《檀园集》15 卷。檀园是李家在嘉定的居所,亦是李流芳与众诗画友人的宴游之地,远离尘嚣,以此为集名亦可寄托心志。

四先生中,李流芳和程嘉燧最具名望,两人情谊亦最为深厚。此外,程嘉燧与李氏其余诸兄弟也交往密切。《列朝诗集小传》中对李氏诸兄弟及子女的情况有简略提及:"长蘅兄诸生元芳,字茂初,能为七言长句;次兄庶吉士名芳,字茂才,有诗集,孟阳为序。有才子曰杭之,字僧筏,画笔酷似其父。乙酉岁,死于乱兵。"②李流芳祖籍歙县,钱谦益的《李长蘅墓志铭》中记载有:"长蘅姓李氏,讳流芳,其先徽州歙县人也。"③程嘉燧在为李母所作的寿序上讲道:"盖李氏由新安来甫百年,而门第子孙之盛,几甲于吴中。"其祖赠奉训大夫讳文邦,始迁嘉定,文邦之子讳汝筠,汝筠继室陈氏生李流芳。李流芳与程嘉燧是同乡,更是存有亲缘关系的表兄弟。程嘉燧在《奠李长蘅》中忆道:"朋友之道,贵相知心,所谓惟识真者,乃相知耳。余既寡合,犹好尽言,屈指交契,殆不数人。求其文字之知,俱通绘事,志向之外,同誓皈心,少而欢焉,久而弥笃。

① 钱谦益:《李先辈流芳》,《列朝诗集小传》丁集下,上海:上海古籍出版社 1983 年版,第 581 页。

② 钱谦益:《李先辈流芳》,《列朝诗集小传》丁集下,上海:上海古籍出版社 1983 年版,第 582 页。

③ 钱谦益:《李长蘅墓志铭》,《牧斋初学集》卷 54,上海:上海古籍出版社 1985 年版,第 1349 页。

素交之内，唯兄一人。”①言辞恳切，情深义重。

李流芳性情外通而中介，气质儒雅。海内闻名三十余年，其殁也，识与不识，皆闻而悲之。

纵观李流芳前半生，大部分时间都在为举业而奔忙，却屡次落第。万历三十四年(1606)，三十二岁的李流芳终于得中举人，次年(1607)赴京参加会试，借此机缘结识了同年应试的钱谦益。李流芳对钱谦益的影响至深，不论是在文学创作主张的转变上，还是对生活理想的构建上，结识李流芳是给钱谦益人生带来重要转变的一个事件。如前文所述，正是出于李流芳的引荐，程嘉燧与钱谦益这一对日后的至交，才有了最初结识的可能。这一点也得到了钱谦益自己的证实，“余与嘉定长蘅游，因以交长蘅之友，新安程孟阳、昆山归文休。三人者，皆强学好古，能诗文善画。跌宕世俗，摆落荣利。其与余交，久而弥笃，盖所谓素交者也”。②

李流芳论诗，主乎性情。他认为：“夫诗者，无可奈何之物也。长言之不足，从而咏歌嗟叹之。”③“凡为诗者，不求之性情，而求诸纸上之诗，掇拾饾饤而为之，而诗之亡也久矣”④。这一点与程嘉燧的诗文主张完全契合。在诗歌创作方面，流芳自认为所心师者，唯孟阳一人而已矣！他常与人言：“精舍轻舟，晴窗净几，看孟阳吟

---

① 程嘉燧：《奠李长蘅》，《松圆偈庵集》文卷下，《续修四库全书·集部·别集类》第1385册，上海：上海古籍出版社1997年版，第792页。

② 钱谦益：《归文休七十序》，《牧斋初学集》卷40，上海：上海古籍出版社1985年版，第1077页。

③ 李流芳：《沈雨若诗草序》，《檀园集》卷7，《文渊阁四库全书·集部·别集类》第1295册，台北：台湾商务印书馆1983年版，第359页。

④ 李流芳：《蔬斋诗序》，《檀园集》卷7，《文渊阁四库全书·集部·别集类》第1295册，台北：台湾商务印书馆1983年版，第360页。

诗作画,此吾生平第一快事。”[1]其为诗则信笔书写,不刻意雕琢,以浑然质朴为胜。晚年精研杜、白、苏诸家诗,在诗律上愈发讲究,其所作《南归》数篇为时人诗作中之上乘。程嘉燧则十分欣赏李流芳诗作中的“率然而成,尤不能尽见,如夜游皋亭龙居”的自然天成。两人彼此服膺,这种情谊早已超越单纯的友情,显得弥足珍贵。

万历三十七年(1609),李流芳再次北上应试。临行前,他与程嘉燧同游苏州,程氏作《送李长蘅北上诗》一首为老友送考。诗中不无对李流芳满腹才华却在科场屡屡折戟的惋惜之情。次年(1610)十月,程嘉燧将赴武昌入幕,李流芳与娄坚等一众好友结伴至京口为其送行。李流芳所作《送程孟阳游楚中》,对好友奔走四方辛苦谋生的困境也表示了不舍和劝慰:“今日置酒与君别,见君行色我始愁。……人生万事常相左,饥来驱人欲谁那。君今新得贤主人,相将且拽寒江柁。”[2]

万历四十年(1612)二月,外出逾一年的程嘉燧返回了嘉定。武昌一行的结果并不尽如人意,程嘉燧的生活依旧困顿不见起色,反而是身处异乡,孤独中更添一份离别之苦,他迫切地想回归到往日有亲友相伴、悠游终日的适意生活中去。但是在同年十月,李流芳又决意北上。这一次,又轮到程嘉燧赶来为他送行,《放歌行送长蘅北上兼柬陆羽明》中,对于两人之间不停地为彼此送别的状态,程嘉燧颇为感叹:“忆昨楚天风雪饕,哀鸣孤雁求其曹。我归子

---

① 许承尧:《程孟阳李长蘅佚事》,《歙事闲谭》,合肥:黄山书社 2001 年版,第 725 页。

② 李流芳:《送程孟阳游楚中》,《檀园集》卷 2,《文渊阁四库全书·集部·别集类》第 1295 册,台北:台湾商务印书馆 1983 年版,第 316 页。

行傥相失，清尘浊水何时遭？”[①]

万历四十七年（1619），李流芳第五次赴京应试，仍旧未能如愿。天启元年（1621），时年47岁的李流芳，最后一次北上。对于半生都在科场上汲汲以求的李流芳来说，这一次的结局却颇为戏剧性。在抵达京城近郊时，据钱谦益在《李长蘅墓志铭》中的记载，李氏听闻“广宁陷，都城震惊，遂喟然束装南归”[②]，内忧外患的时局，令李流芳遽然丧失了积极仕进、谋取功名的进取心，他眼见着明王朝大厦将倾，而自己仅是百无一用的书生，遂就此彻底断绝了科考的念头，南归隐逸。他在《南归诗》中非常直接地袒露了自己出世超脱的人生理想，“我本疏狂人，不适用于世”。其实，这种孤高淡泊的心态一直贯穿着李流芳的性格始终，并不只是在面对纷乱时局时才有的消极应对。早在与钱谦益相识之初，刚刚得中举人的李流芳，在与钱谦益谈及将来时就已经透露出归隐之思，“他日世事粗了，筑室山中，衣食并给，文史互贮，招延通人高士，如孟阳辈流，仿佛渊明、南邨之诗，相与咏歌皇虞，读书终老，是不可以乐而忘死乎？”

天启五年（1625），结束数年的山西幕僚生活后，程嘉燧返回嘉定。其时，程嘉燧年事渐高，此后再未远行，日常多是与李流芳等三五好友一起诗酒酬唱，互相陪伴度过了彼此生命中最后的一段悠闲岁月。

同为明末画坛圣手的程、李两人，闲暇时一起吟诗作画，结伴

① 程嘉燧:《放歌行送长蘅北上兼柬陆羽明》,《松圆浪淘集》卷13,《续修四库全书·集部·别集类》第1385册,上海:上海古籍出版社1997年版,第680页。

② 按:是年正月,后金努尔哈赤在辽宁连克四十余城,明军共十万余人全军覆没,朝野震惊。

同游。李流芳尤好山水，最爱西湖。在《题画为徐田仲》的诗序中，李流芳忆道："朝夕不厌者，无过西湖矣。余二十年来，无岁不至湖上，或一岁再至。朝花夕月，烟林雨障，徘徊吟赏餍足而后归。"[①]其画风清泠旷绝，萧散淡逸，落笔不拘绳墨。程嘉燧曾在为友人所作的山水扇面中记有："顷观长蘅西湖画扇，不觉自失，雨中试作此，差可简劲，不审孟约以为如何？"两相比照，在绘画才能上，特别是关乎西湖风物的绘画技艺上，程嘉燧自认较李流芳是略逊一筹的，因此才有了"不觉自失"的感叹。

崇祯二年(1629)初，年仅55岁的李流芳病逝。程嘉燧满怀悲痛写下《奠李长蘅》一文以祭，"自君云亡，累欲致词，百忧攻中，若棼若抽，有语在臆，有稿在腹，开口操笔，茫然失之。"自李流芳故去，能与程嘉燧推心置腹、互通心意的至交，又少了一个。

二、唐时升

唐时升(1551—1636)，字叔达，号灌园叟，自号钦尧子，南直隶苏州府嘉定人。有《三易集》二十卷和《唐先生遗稿》一卷存世。

"四先生中，唐先生年齿最高"，《列朝诗集小传》中附传文介绍如下：

> 时升，字叔达，嘉定人。少有异才，未三十谢去举子业，读书汲古。……叔达为人，志大而论高，平居意思豁然，独好古人奇节伟行，与夫古今谋臣策士之略。讨论成败兴亡之故，神气扬扬，若身在其间。家贫好施予，锄舍后两畦地，剪韭种菘。

① 李流芳：《题画为徐田仲》，《檀园集》卷12，《文渊阁四库全书·集部·别集类》第1295册，台北：台湾商务印书馆1983年版，第407页。

> 晚年时闭门止酒，味庄、列之微言，以养生尽年。……诗皆放笔而成，语不加点，用方寸纸杂写如涂鸦，旋即弃去。遇其得意，才情飙发，虽苦吟腐毫之士，无以加也。叔达之父钦训，为归熙甫之执友，而嘉定之老生宿儒，多出熙甫之门，故熙甫之流风遗论，叔达与程孟阳、娄子柔皆能传道之，以有闻于世。而叔达之文，纵横踔厉，尤为通人所称。①

唐时升先祖世代行医，其曾祖、祖父皆以医术闻名。其父唐钦尧博通古今之学，有济世之志，为江左名士之冠，为归有光挚友。唐钦尧逝后，归有光在其墓志铭中赞誉道："声誉远出诸生之上，试常第一。然不喜末俗剽窃之文，而好讲论世务，遇事发愤有大节。"《列朝诗集小传》中被误认作唐时升父亲的唐钦训，实为其叔父。唐钦训与王世贞素有交谊。万历七年(1579)，唐钦训60寿辰，王世贞曾作诗《寿嘉定唐道述六十》一首为唐氏贺寿。因为这一层机缘在先，唐时升曾前往王世贞处拜会，并深得王世贞的赏识。王世贞与归有光在文学观念上存在分歧，唐时升虽出自归有光门下，但王世贞并不拘囿于门户之见，与唐时升一直交往甚密。

程嘉燧父亲程衍寿生前最是仰慕王世贞，曾有言："得一日从弇州先生游，即死不恨然。"②其死后，程嘉燧奉其意，乞事状于唐时升，并通过唐的引荐，为亡父请铭状于王世贞。据王世贞的回忆，程嘉燧告诉他："必公文而后父可安地下也。"加上唐时升也再

---

① 钱谦益:《唐处士时升》,《列朝诗集小传》丁集下，上海:上海古籍出版社1983年版，第579~580页。

② 王世贞:《新安程君墓志铭》,《弇州四部稿续稿》卷122,《文渊阁四库全书·集部·别集类》第1283册，台北:台湾商务印书馆1983年版，第702页。

三替程氏请求,于是王世贞"读其父信许之",并留程嘉燧于斋中酬唱数日,其后王世贞对程嘉燧大为称赏,于是才有了之后的程嘉燧"为王弇州王文肃所重"的说法。有王世贞在文坛的加持,对周游于文人官贾间的一介布衣程嘉燧而言,无疑又多了一份自增身价的资历。

唐时升一生经历嘉靖、隆庆、万历、泰昌、天启、崇祯六朝,这六朝也正是明代社会由盛转衰,时局动荡的年代。他曾一度在抗倭名将钱世祯帐中充任幕僚,想借此实现自己经世报国的志向,这一点与程嘉燧中年之后的人生经历颇为相似。万历十八年(1590),唐时升应钱将军之邀,赶赴浙江。临行前,程嘉燧为之饯行。万历十九年(1591),唐时升追随钱将军北上戍边,途中偶遇程嘉燧,两人在江边话别。程嘉燧留有饯行诗《值叔达兄同钱将军北上言别》一首,字句间饱含惜别之情。

受家庭影响,唐时升自幼心怀大志,富有远大的理想和抱负,对关系国运民生的军事、历史和农业、水利、赋税的沿革和掌故等都颇有研究。光绪《嘉定县志》中记有:

> 尝以李德裕自期,王锡爵柄国,其子邀之入都,纵论天下事……东西构兵,万里外羽书旁午逆料情形,无不中衡。问何以知之?时升曰:"吾观古人事,固有类此者,窃意之耳。"①

万历二十一年(1593),唐时升43岁。本已告假归乡的王锡爵被急召入京,临危受命担任首辅一职,唐时升与王锡爵之子王衡素

① 程其珏修,杨震福纂:光绪《嘉定县志·人物志》,清光绪七年(1881)刻本,第12页。

有往来，故受邀随王氏父子二人一起北上，同游京师，王衡此举是出于欣赏唐时升军事才华的有意为之。一行人于是年冬日启程，次年正月顺利抵达京师。之后唐时升就与王衡一起足不出户，读书邸中，并常与王锡爵纵论天下得失，其对万里外的边关形势之虚实、将帅之胜负的预料竟一一应验，王锡爵盛赞唐时升为“当世奇才”。

万历二十三年（1595），边境叛乱平息，唐时升结束了两年客居京城的生活，返回嘉定。《园中十二首》即作于此时。“自为灌园子，职在耒耜间。秋来耕耨罢，独往仍独还。……圣贤逢浊世，处身复何当。高明畏摧折，忠信虞毁伤。”①他感慨其人生世事皆已释怀，遂萌生了归隐之意，择嘉定城西北角一处广植梅花，建读书台，开始了闭门读书、授徒讲学的生活，这似乎是唐时升在人生志向上的一个转折，由原本的积极入世的姿态转而开始以一种悠游林下的隐逸面貌示人。

此后一段时间，因唐时升与程嘉燧都栖居嘉定，二人的交往也更为密切。崇祯七年（1634）暮春至初秋，柳如是赴嘉定。唐时升与程嘉燧等嘉定诸老共同伴游，轮流做东款待。是年七夕，柳如是寓居唐时升园中，与嘉定诸文士诗酒宴饮，唐时升作《七夕》一首，以示对柳如是的倾慕。数日后的七月十二日，唐时升携柳如是至程嘉燧城西寓所，程嘉燧作《今夕行》一首以和。之后的两年，唐时升经常跟随程嘉燧等好友们一起赏游园林及周边山水。其虽年长程嘉燧十余岁，但因为二人在文学主张、生活情趣上的诸多相似之处，因而相互引为知己，“时罕知音，我贵知希”。在《程孟阳诗

① 唐时升：《园中十二首》，《三易集》卷1，《四库禁毁书丛刊·集部》第178册，北京：北京出版社1997年版，第19页。

序》中唐时升写道："余与孟阳少同志向，恶俗儒之陈言，而好泛滥百家之书，然未尝有意为诗也。"[①]程嘉燧有诗《秋晚同张二丈、唐四兄步屧城南张园》[②]：

南郭浮阴覆女墙，沿郊落木映江乡。
新晴空翠生衣润，傍晚寒风洒袂凉。
鸟下疏帘棋局散，波摇虚壁净琴张。
柴门相送余花在，月色村沙引兴长。

这首诗正是对秋高时节与唐时升、娄坚等好友外出赏游、抚琴弄棋的闲逸生活的写照，从"新晴空翠"到"傍晚寒风"，进而转至"月色"渐起，一天之内的光影声色随着时间的推移而变化万端，良辰美景与三五好友的陪伴，一切都美好得令人沉醉，流连忘返。

唐时升才华雄健，诗作放笔而成，语不加点，笔风跌宕变幻，思致风涌，势不可御。用典时恰当自然，似无迹可寻，尤擅长咏物诗。程嘉燧《唐叔达咏物诗序》记载："壬子冬（万历四十年），叔达戏为《雁字诗》二十余篇，一时皆叹以为绝伦，未几，又成《和韵落花》三十篇，凡经数押，而语益豪。"[③]唐时升与程嘉燧见同乡林若抚作有《雁字诗》十首，也各作二十余首以和，二人均非附庸风雅之辈，对

① 唐时升：《程孟阳诗序》，《松圆浪淘集》卷首，《续修四库全书·集部·别集类》第1385册，上海：上海古籍出版社1997年版，第589页。

② 程嘉燧：《秋晚同张二丈、唐四兄步屧城南张园》，《松圆浪淘集》卷4，《续修四库全书·集部·别集类》第1385册，上海：上海古籍出版社1997年版，第622页。

③ 程嘉燧：《唐叔达咏物诗序》，《松圆偈庵集》卷上，《续修四库全书·集部·别集类》第1385册，上海：上海古籍出版社1997年版，第737~738页。

于该诗的创作缘起，在该诗诗序中交代：

> 讽咏久之，清婉流丽，姿态横生，飘飘有凌云之思，然亦未尝有意为之也……有感于中，遂成二十四首。如春蚕吐丝必穷其绪，时鸟弄音屡变其声，非有意缠绵，苟为啁哳，盖中心养养不能自止焉耳！①

"中心养养不能自止焉"，诗性勃发难以抑制是二人创作的原动力，可见，将性情推为创作要务，讲求以性情为先，"其于诗文最无意于为而为之"，王衡评价道：

> 叔达五言古高闲远澹，以方储、韦，不啻过之，七言古步骤老杜，乃专肖其神情。五、七言律，出入王右丞、刘随州间，其才情横溢，无如落花诗，虽不束缚格律，要之无粉泽酸餡气。②

程嘉燧也称赞其诗歌"风神跌宕，思致飙涌，势不可御"。在这一点上，程、唐二人是十分默契的，甚至可以说，在程嘉燧诗文创作观念的转变上，唐时升曾充当过十分重要的引导角色。

唐时升在从事文学创作时重用实之学，诗文集名为《三易集》，就是取率而为文之意，其对绮靡浮丽之作读未终篇辄弃卷而去，不复翻阅。唐时升乐于结交先辈大儒，与之商讨古今治乱成败

---

① 唐时升：《咏雁字二十四首》，《三易集》卷5，《四库禁毁书丛刊·集部》第178册，北京：北京出版社1997年版，第81页。

② 王衡：《三易集旧序》，《三易集》卷首，《四库禁毁书丛刊·集部》第178册，北京：北京出版社1997年版，第11页。

之理而非诗文技法，更不欲以诗人自称，因此对所作诗文不甚留意，诗成即弃。万历四十四年（1616），唐时升在游历途中诗稿遭窃，几番找寻未果，就此遗佚。天启年间，寓所意外失火，唐时升平生所作文稿的绝大部分毁于一旦。后经其子多方搜集，方结集成《三易集》二十卷。

崇祯九年（1636），八十有六的唐时升无疾而终。在其生命的最后一段岁月，程嘉燧始终相伴左右，这是两人友情的最佳见证。

三、娄坚

娄坚（1554—1631），字子柔，一字歇庵。其祖辈以行医为业，曾祖娄纲自长州徙江东后定居嘉定城南，父亲娄应轸弃医从科举，精于诗文，以教书授业为任。娄坚幼承家学，年少时与归氏弟子往来密切，从而受到归有光文学观念的影响，《四库提要》中评价为："时升、流芳虽均得有光之传，而能融会师说以成一家之言者，又当以坚为冠。"娄坚在古文上的造诣尽得归有光真传，其才华也最为后世称道，被钱谦益推崇为"大师"。著有《吴歈小草》十卷、《学古绪言》二十五卷。

《列朝诗集小传》中，对其生平有如下概括：

> 五十贡于春官，不仕而归。其师友皆出震川之门，传道其流风遗书，以教授学者，师承议论，在元和、庆历之间，针砭俗学，抉谪踳驳，从容更仆，具有条理。衣冠修然，容止整暇，书法妙天下。风日晴美，笔墨精良，方欣然染翰，不受促迫。[1]

① 钱谦益：《娄贡士坚》，《列朝诗集小传》丁集下，上海：上海古籍出版社1983年版，第581页。

与传统文人一样，娄坚最初意欲在仕途上有一番作为，他也曾执着于科举。从万历十二年(1584)起，娄坚就开始了在科考之路上的不断求索。娄坚第一次前往南京赴考时，程嘉燧作《送娄兄子柔赴京兆试三十二韵》为之送行，语句间不乏慷慨激昂之情，显然对娄坚此行满怀期待，可现实却给了娄坚沉重一击，尽管他在当时的文名已甚为响亮，但在科场上却没能得到命运的眷顾。万历二十五年(1597)，娄坚又将赴试，程嘉燧赋诗《送子柔兄金陵试三首》相送，这一次较第一次时的诗风明显消沉许多，“今古飘零酒一杯，强歌未半心已摧”①，这其中或许也投注了程嘉燧对于自己已届而立却事业未成的失意落寞，有“同是天涯沦落人”的感同身受。

万历二十八年(1600)，娄坚又一次前往南京应试。令人欣喜的是，这一次，娄坚终于如愿以偿。然对应着文献上的记载“五十贡于春官，不仕而归”，五十三岁起，他就绝意仕进，而以与程嘉燧等好友一起结伴悠游、诗酒人生为乐事。

娄坚气质平和详雅，衣冠修然，容止整暇，以真朴胜人，其人气格高昂，不染指时流，“与之处游者，咸以为是先民故老，不知其为今人也”。娄坚言及“自予方壮而获交孟阳，今衰甚矣”，多年来，程嘉燧始终以兄事之娄坚，肩随后行，不失跬步，极尽孝悌之贤。在《题子柔杂怀诗卷后》一篇中，程嘉燧写道：“子柔为人，和顺详雅，而至于持论是非，独侃侃无少徇。平生恬于荣利，恶衣菲食，而

① 程嘉燧：《送子柔兄金陵试三首》，《松圆浪淘集》卷4，《续修四库全书·集部·别集类》第1385册，上海：上海古籍出版社1997年版，第623页。

好求当世之务。晚既逃于寂矣，其忧天悯人之意，老而逾至。”①娄坚晚年参禅礼佛，虔诚于修持，其曾自言：“唐先生之子时升、新安程嘉燧及坚而四，颇好言老庄及释氏。”②万历三十一年(1603)，程嘉燧在《元日答子柔兄》中，将娄坚称作居士，“岁朝禅诵类僧居，君正翻经于自书”，潜心礼佛是娄坚晚年的生活日常。

万历三十四年(1606)，程嘉燧暂离嘉定，娄坚在寄给程嘉燧的《暨阳杂诗》中，流露出明显的超脱尘俗之意。

万历三十五年(1607)，五十四岁的娄坚老来得子，他自嘲“予衰始抱儿”。娄家一脉单承，这个迟来的子嗣无疑给娄坚晚年生活增添了无尽的满足感，兴奋之余赋诗《丁未除夕》一首，“抖擞白衣勤礼佛，摩挲苍鬓晚生儿”，礼佛和弄儿是娄坚晚年生活唯二的主题。作为好友的程嘉燧自然为之欣喜，也随即作诗《子柔兄生子复闻晬日喜赋此诗》以和。

万历三十八年(1610)，因“困于谋生”，程嘉燧将作武昌游。娄坚作《送别孟阳作止弈诗》《送孟阳游楚》等诗为之送别，其他好友亦纷纷赋诗以赠别，并邀请娄坚代为之序。诗中小注特意附言道：“予与孟阳皆有学道之志，而余好法书，又耽于棋。孟阳好古书画及鼎彝玩好之器，尤喜清歌，皆不能无碍。尝相与言：‘宜先断其尤，庶几渐减’。聊因送别，率而成篇。”③娄坚似兄长般，在临行前

---

① 程嘉燧：《题子柔杂怀诗卷后》，《松圆偈庵集》卷上，《续修四库全书·集部·别集类》第1385册，上海：上海古籍出版社1997年版，第735～736页。

② 娄坚：《邱先生墓志铭》，《学古绪言》卷9，《文渊阁四库全书·集部·别集类》第1295册，台北：台湾商务印书馆1983年版，第116页。

③ 娄坚：《送别孟阳作止弈诗》，《吴歈小草》卷1，《四库禁毁书丛刊·集部》第49册，北京：北京出版社1997年版，第19页。

对程嘉燧殷切叮嘱，希望其在事业上能成就一番作为。以至于多年后，程嘉燧在《祭娄子柔》中回忆起曾经与娄坚交往的种种，不无感激地说："昔当楚游，临分赠言，兄赋《止弈》，警余钝顽。"[①]次年(1611)初冬，值程嘉燧客居武昌一年之际，娄坚再作《秋尽书怀遥寄孟阳武昌》一首，以示对老友的牵挂惦念之情。

怀君已是一年期，白尽衰翁颔下髭。
酒盏味忘疏老伴，禅门路熟少新诗。
文书满案犹关我，梨栗堆盘且任儿。
三伏凉多秋更热，雨涩吉贝正花时。[②]

四先生中，娄坚以书法妙绝天下，尺素片简为世人争购，诗律在元和、长庆间，以古风独胜。晚明诗坛掀起学宋风潮，娄坚与程嘉燧一样是此风习的追随者，为诗重经世致用之功，反对虚浮、空泛之词，娄坚之诗较之程嘉燧更显率直、劲质，直指现实，绝少无病呻吟、矫情饰伪之作。程嘉燧在《题子柔杂怀诗卷后》中评价娄坚的诗文创作倾向时有云："近又为《杂怀诗》三十篇，诗皆五言近体，其中多指切时事，识深而虑远，盖其心若恻然有所不得已而形于咏叹。"[③]娄坚更是以"重用实之学"作为评判诗歌的标准，《书孟

---

① 程嘉燧：《祭娄兄子柔》，《耦耕堂集》文卷下，《续修四库全书·集部·别集类》第1386册，上海：上海古籍出版社1997年版，第55页。

② 娄坚：《秋尽书怀遥寄孟阳武昌》，《吴歈小草》卷8，《四库禁毁书丛刊·集部》第49册，北京：北京出版社1997年版，第153页。

③ 程嘉燧：《题子柔杂怀诗卷后》，《松圆偈庵集》卷上，《续修四库全书·集部·别集类》第1385册，上海：上海古籍出版社1997年版，第735页。

阳所刻诗后》云："若北宋诸作者，通经学古，皆可谓言语妙天下。"[①]于宋诸诗作者中，娄坚又独尊苏轼，认为："宋人之诗，高者固多有，如苏长公，发妙趣于横逸谑浪，盖不拘拘为汉魏晋唐。"[②]单就此点，程嘉燧受娄坚影响较大，亦亲身实践过其创作主张。

从程嘉燧与娄坚的交往历程看，无论是文学观念、人生经验上，更多的时候娄坚都是在充当一位谆谆教诲的角色，与程嘉燧亦兄亦友。崇祯四年（1631），娄坚故去，享年七十八岁。时程嘉燧远在常熟，闻及老友辞世的消息，悲痛难抑，写下"千古伤心为绝弦，老人流泪过残年"[③]，令人不忍卒读。

第三节 "谈笑皆鸿儒"

——程嘉燧与其他文士的交往

一、金兆登

金兆登（1556—1638），相传其母傅孺人初梦馈鲤，而后生子，遂取其字为子鱼，又字群玉，号福持，嘉定人，明万历十年（1582）举人。

明清之际，嘉定出现了一批名门望族、文化世家，其中金氏是具有代表性的一族。金氏家族世居嘉定罗店镇，累世以孝义力田

---

① 娄坚：《书孟阳所刻诗后》，《松圆浪淘集》卷首，《续修四库全书·集部·别集类》第1385册，上海：上海古籍出版社1997年版，第588页。

② 娄坚：《草书东坡五七言各一首因题其后》，《学古绪言》卷23，《文渊阁四库全书·集部·别集类》第1295册，台北：台湾商务印书馆1983年版，第271页。

③ 程嘉燧：《夜雨伤柔兄兼怀拂水山居》，《耦耕堂集》诗卷上，《续修四库全书·集部·别集类》第1386册，上海：上海古籍出版社1997年版，第15页。

闻于乡里。

祖父金翊，明嘉定名士，由罗店（今上海宝山区）迁居嘉定。父金大有，明末举人。金子鱼天资聪颖，少服儒行，喜从长者谈经说史，讲演世务，好行德而耻言利。二十岁补邑诸生，选应乡试不录，归家后勤奋苦读。万历十年（1582），金子鱼乡试中举，不料次年（1583）春会试下第，之后的十年一直沦落不售，仕途堪称艰难，此后便绝意仕进。他始终保持着疏诞宽和的性情，钱谦益称其为人仁厚平和，品格高雅纯洁，“最君之生平，醇和粹美，庶几乎三代之遗民”①。李流芳在《寿金子鱼》中夸赞道：“容我疏狂为小友，行藏亦拟似吾兄。”在金子鱼面前李流芳自谦为小友，而尊对方为兄长，皆因其品行高尚而深感钦佩。晚年遇朝廷遍征天下耆德者，金子鱼被授以都察院都事，然其志向已无意仕进，只求平淡自娱，未赴任。程嘉燧《都事金子鱼先生行状》中言及：“终身未尝有感慨不遇之色，独不屑涉迹官府有所干请，往往幽栖杜门，奉母郊居田间，累月不接人事。”②

明末时局内忧外患，社会动荡不安。一些才学之士因为对朝廷的软弱无能心灰意冷，而收起出仕之心转而悠然林下，比如“嘉定四先生”等人，用钱谦益的话说：“嘉定僻在海隅，风气完塞，四君读书谈道，后先接迹，补衣蔬食，有衡门泌水之风。”③金兆登与嘉定四先生、钱谦益等文士都有往来，与程嘉燧更是童稚交，早于

① 钱谦益：《金府君墓志铭》，《牧斋初学集》卷54，上海：上海古籍出版社1985年版，第1359页。

② 程嘉燧：《都事金子鱼先生行状》，《耦耕堂集》文卷下，《续修四库全书·集部·别集类》第1386册，上海：上海古籍出版社1997年版，第67页。

③ 钱谦益：《四先生集原叙》，《三易集》卷首，《四库禁毁书丛刊·集部》第178册，北京：北京出版社1997年版，第9页。

万历六年(1578),两人便同入徐允瑞门下,金子鱼以兄长自居,在他们长达60余年的交情中,程嘉燧多有感叹,提及金子鱼常言其每每“辅我以仁,恤我之贫”。

共同的志向和经历令他们惺惺相惜,以诗词互相赠答唱和,是文士之间最普通的日常。与对待唐时升、李流芳等挚友一样,关乎科举的送考诗,是程嘉燧与金子鱼之间唱和赠答的主题之一。从万历十一年(1583)到万历三十八年(1610),金子鱼十次北上,近三十年的南来北往中,程嘉燧为其创作了多首送别诗。万历二十五年(1597),程嘉燧作《送金子鱼北上》①:

郊居良会每匆匆,哪忍离杯不暂同?
续食忽经三岁后,共舟愁忆十年中。
相思河畔青青草,送远长江湛湛枫。
不论云泥自惆怅,故人何以慰飘蓬。

朋友知交,常恨聚少离多。程嘉燧与金子鱼每次都是匆匆一聚旋即分别。诗人江边送别友人,满怀惆怅落寞的情绪,不知如何才能得以慰藉?

万历二十八年(1600),金子鱼再度北上应考,程嘉燧又作《送子鱼北上》一首:

我昔追随发披肩,君时长我才数年。
君今上书垂廿载,一茎旅鬓予先改。

① 程嘉燧:《送金子鱼北上》,《松圆浪淘集》卷4,《续修四库全书·集部·别集类》第1385册,上海:上海古籍出版社1997年版,第624页。

爱君卓荦态度舒，意气自与常人疏。
日剑百牛有余技，匣刀未试心踌躇。
我初少年轻万事，一朝金尽忧斗储。
西江之水哪可待，生男欲壮教犁锄！
城隅故人材更老，心怀宿昔同潦倒。
骅骝忍饥不肯鸣，岁晚天寒恋空皂。
我曹向人长若瘖，感君不言知我心。
男儿有时狗知己，临岐且莫泪沾襟。①

与上一首比较，这首诗在情感上显得更为恳切外化，朋友间牵挂难舍的离情别意跃然纸上。时至当时，金子鱼已经在科场奋斗了近二十载，仍一无所获。程嘉燧鼓励学养深厚的金子鱼不要气馁。但此次北上，好友依旧前途未卜，百感交集之下，诗人泪湿衣襟。

最终，十试不第的金子鱼断绝了仕进之念，余生以授徒为业，兼工书文，并有所成，“是时吴中人士所为时文，号能振刷一洗陈腐之习者，首吾邑。而先生尤覃精惊奇，为侪辈所推挹”②。金子鱼晚年仍笔耕不辍，撰有随笔若干卷。著有《福持堂古文稿》二卷、《谈谐随笔》十六卷及《攸好录》等存世文稿。

崇祯十一年（1638）二月晦日，子鱼无疾而终，得寿八十有二。是时程嘉燧正寓居杭州，闻讣讯则伤痛不已，是年冬还嘉定，作《祭子鱼》一文以悼。

① 程嘉燧：《送子鱼北上》，《松圆浪淘集》卷6，《续修四库全书·集部·别集类》第1385册，上海：上海古籍出版社1997年版，第635页。

② 程嘉燧：《都事金子鱼先生行状》，《耦耕堂集》文卷下，《续修四库全书·集部·别集类》第1386册，上海：上海古籍出版社1997年版，第67~68页。

二、宋珏

宋珏，生年不可考，字比玉，号荔枝仙人，福建莆田人，国子监生。宋比玉少有才名，豪于闽中，其志向高远，不屑从乡里纨绔子弟浮尘征逐，声色犬马。年三十负笈入太学，遍游吴越，结识贤儒胜流，闻见日丰。其擅诗画，尤工书法，以八分书名于时，风格出入二米、仲圭、子久之间，不名一家。钱谦益与程嘉燧曾偕隐的"耦耕堂"三字即出自宋比玉手笔。程嘉燧曾乞字于比玉，"欲乞兄古篆八分小书为制铭赞之类，铸勒印式与松圆墨共垂远耳"①。

宋比玉性情坦荡，气宇轩昂，饮酒终日不醉，每每兴酣耳热之际，或当筵染翰即席赋诗，落笔如风雨，洒洒千言不能休。

宋比玉与程嘉燧两人皆为文士，二人的定交自然也与文墨相关。万历二十八年(1600)，程嘉燧欲前往通州，临行前与众好友于殷都宅中欢聚一堂，席间乘兴为友人方求仲作题扇诗《荔枝酒歌》，并在扇背作《荔枝图》一幅。万历三十年(1602)夏，宋比玉在福建建州僧舍偶遇方求仲，得见此题扇诗与扇面画，一见倾心，对程嘉燧顿生敬仰之情。

据清汪灏编《御定佩文斋广群芳谱》所载的后续："因忆壬寅夏日客建州僧舍，亦不得归啖荔枝。偶见新安程孟阳墨写荔枝，间以素馨数朵，一面书殷司马座上饮荔枝酒歌。画虽不类，而歌奇古有韵，堪为荔酒传神，且能以素馨相掩映，此其人岂寻常也哉！予怜其意，口占一歌附方求仲，往今七年矣，不知此扇已达孟阳，及孟

① 程嘉燧：《宋比玉》，《松圆偈庵集》卷下，《续修四库全书·集部·别集类》第1385册，上海：上海古籍出版社1997年版，第799页。

阳见歌以为何如也?”[1]宋比玉见到程嘉燧的题扇诗后,当即和诗一首,并寄送给程嘉燧。事后看来,这首诗并没有如期送交程嘉燧,以至于两人直到万历三十六年(1608),时隔六年之后,终在宋比玉同乡陈一元的嘉定寓所会面。不过在此之前,二人已神交数年。钱谦益在其《列朝诗集小传》中言及此段经历,有简略叙述:“(宋比玉)初从人扇头见程孟阳荔枝酒歌,行求七载,始识孟阳,遂以兄事之。”[2]

两人志趣相投一见如故,程嘉燧大约于万历戊申(1608)、己酉(1609)年间作《送莆田宋比玉歌》,以洋洋长篇畅快抒写收获知己的快乐:

古人片言感知己,世上游扬徒为尔?
市肆藏名三十年,客坐神交几千里。
词赋小道不足论,青眼逢君翻可耻。
别有平生廓落心,肝胆凭君许终始。
人言作客不称意,君更嚣然殊自喜。
汪陂落落浩无际,澄潭历历深见底。
吾家四壁生蓬蒿,纸窗竹屋寒萧骚。
兴中就我贳浊醪,月下往往来吾曹。
共夸溟涨与笔力,况复愔愔叹琴德。
酒酣瞪目呼墨汁,轻纨大障淋漓湿。

① 汪灏:《御定佩文斋广群芳谱》卷61,《文渊阁四库全书》第846册,台北:台湾商务印书馆1983年版,第674页。

② 钱谦益:《宋秀才珏》,《列朝诗集小传》丁集下,上海:上海古籍出版社1983年版,第588页。

蛟龙倔强怒欲飞，曳练崩云看不及。
莫言文章老更成，少时落笔人尽惊。
辍毫焚砚岂吾意，贵欲同输万古情。
苍莽烟郊见百里，送君醉卧寒山城。
意长别促不易写，罢琴夜静松风声。
别后音书余懒作，烦画幼舆置丘壑。
若见王郎好寄书，慰余心迹双寂寞。[①]

程嘉燧诗前附有小序曰："（宋比玉）适来过陈令，因相见，欢甚。比玉固多才艺，余犹爱其宏达萧远，追送昆山张氏山阁，临别漫为此歌，君许作《遇琴馆图》见寄。同游翁君吾鼎，名铉，亦高士也。"[②]

万历四十一年（1613），程嘉燧寄居汪无际的垫巾楼。次年冬，宋比玉到访嘉定，与之共居垫巾楼，好友相聚，诗酒酬唱。程嘉燧作有《垫巾楼中宋比玉对雪鼓琴，余戏作图，便面漫题，时过娄江，因订后期》《九月廿四日生朝，闲孟、无际、彦深、公朴诸君醪饮垫巾楼中，呈比玉索和》等诗。因成为众多文人的雅集地，垫巾楼一时间名声大振。

通览程嘉燧诗集，程嘉燧与宋比玉酬唱问答之作不胜枚举，大都风致翩跹，涵泳不尽。如《和比玉赋游鱼唊花影》[③]：

---

① 程嘉燧：《送莆田宋比玉歌》，《松圆浪淘集》卷10，《续修四库全书·集部·别集类》第1385册，上海：上海古籍出版社1997年版，第663页。

② 同①。

③ 程嘉燧：《和比玉赋游鱼唊花影》，《松圆浪淘集》卷16，《续修四库全书·集部·别集类》第1385册，上海：上海古籍出版社1997年版，第707页。

无数轻鲦莲叶东，泳芳吹沫竞浮空。
疑追戏蝶来天上，误饵游丝没镜中。
点额冷光如吸露，濯鳞香阵欲飧风。
相忘乐事江湖外，捉影还看嚼蜡同。

又如《九日次比玉韵》[①]

年来渔父已无家，长负篱间九日花。
偶共轻舟寻窈窕，尚怜行步趁攲斜。
人归月下仍逢酒，病起风前只嗅茶。
寥落孤云无住着，爱君天末自朱霞。

万历四十六年（1618），程嘉燧远赴上党期间，宋比玉到访嘉定暂居别处。待程嘉燧返回嘉定后，又与其一同移居垫巾楼，并为程嘉燧的《松圆浪淘集》抄写谢三宾序。

宋比玉曾寓居雍南数十年，与李思聪关系独善。天启六年（1626）秋，程嘉燧前往雍南拜访宋比玉，订共游龙泉山之约。崇祯元年（1627），李思聪合刻其本人与宋比玉的和韵往复之五七言诗若干，结集成册，名曰《李宋唱和诗》，邀程嘉燧作序。程嘉燧在其序中云："而比玉顷年益恬然，浮湛侪俗，忘怀得失，其心无毫发坎壈不遇之叹，此其气浩然，皆出于势利酣豢潦倒穷厄之外。故其文章声气，不俟均节而自合。譬则出尘之鹤，在阴之和，琅然高彻云汉。后之诵其诗，想见其人，恍如揖司马子微、李太白之流于

① 程嘉燧：《九日次比玉韵》，《松圆浪淘集》卷16，《续修四库全书·集部·别集类》第1385册，上海：上海古籍出版社1997年版，第707页。

千载之上，必有彷徨欣慕而尚友之者。”①

崇祯五年（1632）春，宋比玉因病客死吴门。程嘉燧意欲将其留葬嘉定，未果，遂返葬闽中。钱谦益亲撰墓志铭。

三、郑胤骥

除却文坛胜流，程嘉燧于乡野亦多有知交，如郑胤骥、李名芳、邹孟阳、殷都、丘集、徐兆稷……他们或喜好诗文唱和，或相约宴饮赏游，抑或互换名籍异典，聚合成一个小范围的文化沙龙。

郑胤骥，字闲孟，嘉定人，博士弟子。自少博闻强识，学识为四先生中的李流芳所推崇，时有“李、郑”之称。郑闲孟为文章，雄健好谈经济，和程嘉燧注重用实之学相近，诗作不屑今体，善为五言古体，著有《芥浮阁遗稿二卷》。

郑闲孟与程嘉燧为童蒙交，友情笃厚，自持操守，视荣禄富贵为草芥，常怀济世忧国之志却报国无门，数踏省门均不见收，遂郁郁不得志，性本嗜酒，每饮辄醉，酩酊无所知。此后愈发纵酒悲歌，久之得病，酒不能沾唇，注视杯卮，呜咂而已。

郑闲孟染病卧床期间，适程嘉燧身处异地，他自嘲自己“身方在两千里外，循方乞食，巴吉家口”，在与李流芳往来的书信中闻知郑孟闲神色日衰，眠食渐损，倍感忧虑。因郑氏是好道之人，程嘉燧便寄书相劝勉：“兄是有信根人，趁此病苦，当勤精进，如救头然。平日信服，不论僧俗胜友导师，得其一言半偈，自求解脱，悬崖撒手，明了一大事。所谓朝闻夕死，正在于此，才不枉却平日些子聪

① 程嘉燧：《李宋唱和诗序》，《松圆偈庵集》卷上，《续修四库全书·集部·别集类》第1385册，上海：上海古籍出版社1997年版，第743页。

明也。”[1]遥记当年，程嘉燧远行在即，郑闲孟亦将赴考，二人惜别相送的情形至今仍历历在目，恍如昨天，孰料人世无常。

根据现有的文献资料的梳理，与程嘉燧有过确切交往的友人、文士等超过三百余人，我们择其主要人物加以论述，他们之间的往来不仅只是专属文人之间的诗酒酬唱、结伴赏游活动。程嘉燧年少时不事生产，一直坐吃山空，终其一生都处于困顿之中，在与诸位友人的交往中，如钱谦益、谢三宾、金子鱼等对程嘉燧皆多有资助，而作为回报，程嘉燧也以诗画相赠，其创作行为已然超越了单纯的艺术交流属性，当然，这并不影响程嘉燧与其回馈对象之间情谊的深厚程度。通过对程嘉燧身边至交密友的生平及相互交游经历的考证，一定程度上可以揭示彼此间在创作思想、文学观念、生活阅历上的浸润渗透，尤其是其他人对程嘉燧的影响是我们关注的重点。程嘉燧其人其诗的准确面貌也只有在多重视角的打量下，才可以得到恰切呈现。

① 程嘉燧：《与郑闲孟》，《松圆偈庵集》卷下，《续修四库全书·集部·别集类》第1385册，上海：上海古籍出版社1997年版，第798页。

第三章 程嘉燧的行旅与诗歌创作活动

在一定程度上可以认为，明中叶社会已进入“前资本主义时代”①，“王学左派”思想如洪水猛兽一样激荡着颓危欲倾的旧的世界观、伦理观，士大夫中涌现出一大批“不肖”之徒对正统的价值观念与生存方式进行颠覆，他们喜美食，嗜声色，乐山水，好精室，参禅礼佛，不以立功、立德、立言为念。明季，山水赏游已不再是少数精英的文化享受，而成为融入相当一部分文人生命轨迹中的重要行为。对于画家、诗人程嘉燧而言，山水之游显得格外重要，名山大川足以涤荡人之胸怀，发人才性，而五方谣俗、方言物产、仙踪灵迹，更能令人耳目一新。

程嘉燧终身未仕，其放浪于山巅水涯的嗜好异常浓厚，谢三宾在《松圆浪淘集序》中称：“先生游屐最广，近而建康、广陵，远则沅湘、河渭。”②

同时，程嘉燧有过游幕经历。幕宾追随幕主，足迹不限于一地。程嘉燧就曾远赴武昌和山西长治充任幕僚，见到迥异于江南

① 可以参见李时人先生在《金瓶梅新论》（上海：学林出版社 1991 年版）中对“前资本主义时代”的有关论述。

② 谢三宾：《松圆浪淘集序》，《松圆浪淘集》卷首，《续修四库全书·集部·别集类》第 1385 册，上海：上海古籍出版社 1997 年版，第 585 页。

的风光，诗情自然会被激发，创作大量山水诗和游记是情理中的事，这也是其创作的主要题材类型。尤需注意的是，在程嘉燧的山水游踪中，禅林佛寺是极为重要的意象，禅衲释缘是诗人歌吟中较为动听的一段旋律，这也是此章论述的重点。

第一节　程嘉燧的行旅诗创作

程嘉燧的诗歌创作内容非常丰富，存诗逾千首，他一生游踪广布，生性喜爱山水，行旅诗是他最具特色的创作类型之一。从早年开始，因身居吴门，得地缘便利，其足迹就已踏遍江南各地，尤其是杭州西湖与南京，是他笔下描摹最多的两处风光地。纵观其一生的创作，江南境内的盘郁山川、秀丽风光在诗人笔端无不鲜活如画。试读《溪堂小景》[①]：

溪响到还散，岚光聚复空。
窗含过云雨，帆饱上滩风。

题为“小景”，但整首诗的气势绝非“小景”二字所能涵盖。溪堂为程嘉燧故人方伯雨所建，诗人于壬寅年(1602)二月归新安。据程氏所称：“堂去溪百余步，溪流至王村，湾环如玦，豁然山夷而野舒，数十里间，峰峦百叠，樵径渔舍，疏数出没，屏列于前。”[②]

---

① 程嘉燧：《溪堂小景》，《松圆浪淘集》卷7，《续修四库全书·集部·别集类》第1385册，上海：上海古籍出版社1997年版，第637页。

② 程嘉燧：《溪堂题画诗引》，《松圆浪淘集》卷首，《续修四库全书·集部·别集类》第1385册，上海：上海古籍出版社1997年，第591页。

又《天门山》①：

两岸青山限落晖，绣岩丹壁望中稀。
蛾眉写影牵长镜，石面横波曳细衣。
绝壑牛羊缘木下，断崖鹰隼护巢飞。
停舟欲到苍茫上，昏黑江云失翠微。

与日常所熟悉的江南景致不同，诗人在创作中极力勾勒出天门山一带奇绝险峻的风光、大自然的鬼斧神工，令人心生敬畏。

西湖始终是程嘉燧笔下不可或缺的意象元素，围绕着西湖气象万千的景致变化，诗人先后创作了多首与西湖有关的诗。见《西湖杂题》②：

风堤雾塔欲分明，阁雨萦阴两未成。
我试画君团扇上，船窗含墨信风行。

李流芳的《两峰罢雾图》提到在自己观赏西湖"烟林雾障，映带层叠，淡描浓抹，顷刻百态"的变化时，遗憾自己无法具象地用画笔描绘出来，"非董、巨妙笔不足以发其气韵"。③ 于是很钦佩程嘉燧在行文用字上的精确独到，并评价此诗道："此景此时，此人此

① 程嘉燧：《天门山》，《松圆浪淘集》卷1，《续修四库全书·集部·别集类》第1385册，上海：上海古籍出版社1997年版，第602页。

② 程嘉燧：《西湖杂题》，《松圆浪淘集》卷11，《续修四库全书·集部·别集类》第1385册，上海：上海古籍出版社1997年版，第671页。

③ 李流芳：《两峰罢雾图》，《檀园集》卷11，《文渊阁四库全书》第1295册，台北：台湾商务印书馆1983年版，第392页。

画，俱属可想。”这其中的韵味，再高深的画技也难以企及。

又如《虎丘》①：

风散桐花松月开，上方楼殿踏歌来。
携将芦管新调曲，吹向生公旧讲台。

诗歌圆润清新，风韵缭绕。如同山水写意一般，诗人善于选取具有动态、叙事性的画面，轻描淡抹，使这些极富情韵的画面跳跃衔接，顷刻间勾勒出一副意境悠远传神的文人写意画。

南京是程嘉燧一生魂牵梦萦的痴绝处，被皴染成诗人山水游踪图中的重要意象。作为六朝古都，南京城风物韶丽、人文兴盛之势远非其他郡邑可比，栖霞寺、清凉台、秦淮河、玄武湖、钟山、桃叶渡等名胜无不成为文人墨客流连忘返之所。诗人程嘉燧一生数度游览古都金陵，与挚友携酒登临古台，纵放悲歌，在诗歌与酣醉中品咂物是人非的历史沧桑感与诗意的悲怆。诗人曾作《薄雾至栖霞寺》《白下游》《游清凉台》等诗，其中的六首《忆金陵》组诗被诗人题于扇面，以供平日卧游、作画之需。

白下霜前远树红，经秋羁思浩无穷。
倪家小样山亭子，画得苍苍落木风。

秋阴殢客思腾腾，木末荒台尽日登。
谁信到家翻远忆，雨斋含墨画金陵。

---

① 程嘉燧：《虎丘》，《松圆浪淘集》卷4，《续修四库全书·集部·别集类》第1385册，上海：上海古籍出版社1997年版，第621页。

最忆西风长板桥，笛床禅阁雨潇潇。
只今画里犹知处，一抹寒烟似六朝。

青门杨柳白门乌，秋雨秋阴旧酒垆。
何处蘼芜最相忆，缫丝风雨暗西湖。

忆昨长干万木凋，归来风雪两飘飖。
帝城春色欺人早，愁见残冬放柳条。

腊下风光旅客颜，奇情孤绝未能还。
携钱日向旗亭醉，醉看长江雪后山。[①]

六首金陵卧游图清疏凄艳，余韵缭绕，为清代诗坛名流王士禛、沈德潜等人推崇，也算得上程嘉燧山水诗中的扛鼎之作。这组诗画味浓郁，风致萧散，意境苍凉幽邃，浓得难以化解的金陵情结渗透在这封素笺之中。诗人擅于抓住画中最动情的景致，将一己之高情奇趣跌宕于文字之间，稍示鳞爪，稍露端倪，句中藏字，字中藏意，最后使全诗臻于一种"飞鸿踏雪泥"的艺术境界。

综观程嘉燧一生的山水游迹，恰似一幅"江南山水游踪图"，后人根据诗人的诗文内容进行稽考，可以将此图清晰地描绘出来。

万历丙戌年(1586)春，诗人侍疾金山寺；戊子年(1588)，过江赴镇江探视闵氏妹，继而至扬州，有《扬州津桥春夜寓目怀古十二韵》；乙丑年(1589)，诗人渡江拜见王世贞于白下弇州司马署中，

① 程嘉燧：《忆金陵六首》，《松圆浪淘集》卷9，《续修四库全书·集部·别集类》第1385册，上海：上海古籍出版社1997年版，第658页。

在南京游栖霞寺、玄武湖，作《雨中出太平堤栖霞道中作》《薄暮至栖霞寺》；随后，诗人奔赴马鞍山、芜湖，游采石矶、天门山等胜景，作《采石》《天门山》；又归歙县，途经宣城，作《山行》。辛卯年(1591)二月，程嘉燧跟随李姓表叔还乡扫墓，登休宁白岳(今齐云山)；再赴杭州，游西湖，作《西湖怀古》《灵隐寺至韬光》《法相寺二首》《龙井》等；又从余杭奔赴临安，作有游记《余杭至临安山水记》，诗歌《始发余杭至青山亭呈茂实中翰表叔》《雨中晓发临安双溪道中作》；壬辰年(1592)，诗人送弟嘉然至镇江，继而日日伴随徐公，丘、张二丈游山览水，涤荡胸怀，有《润州城下泛舟登金山寺》《金山寺》《江天阁》《焦山》《登瓜州大观台望金山寺招闵寿卿不至》。癸巳(1593)、甲午(1594)两年间，诗人主要活动于昆山与苏州之间，有《晚发小娄塘作》《娄江夜泛同张公路丈作》《泛舟至虎丘即目呈启阳叔》《由横塘至茶磨岭下舣舟作》《自茶磨入治平寺》《登上方楞伽寺》《过铜山下作》。万历乙未(1595)年正月，程嘉燧陪同孙履和远游河南大梁，不过其诗集中并未有相关记载。万历戊戌(1598)、己亥(1599)两年间，诗人悠游于南京、苏、锡、常一线，登禅林古刹，访名胜旧迹，作有《白莲桥泊舟》《雨后游虎丘寺从半塘夜归枫桥》《白下游》《游清凉台》《瓦官寺观石刻佛像》《游燕子矶弘济寺》《宿牛首》《灵谷寺》《泊惠山下作》《九月重过天平白云寺题壁》。万历庚子(1600)、辛丑(1601)年，程嘉燧游通州，作咏古诗；并与殷无美同舟至锡山邹园、江阴君山、虞山、孙氏大石山房等地；同张伯美居于天宁寺，游狼山。万历丙午(1606)年夏，程嘉燧听雪浪师谈《楞严经》于惠山河浒庵；秋，诗人再度游于白下清凉台、秦淮河、资善寺等地，十月十六日作《清凉台同李长蘅即目有怀子柔》，又《秦淮水阁歌送潘景升兼讯子荆》《阻风石头城下长歌别孙士徵》。己酉(1609)年，程嘉燧先在苏州，有《阊门访旧作》《送客阊门对雨怀仲和读书花山》;再至杭州西湖,有《西湖访旧兼柬新知》《雨中游宝石山题画》《西湖杂题》《雨晴吴介甫淳叔邀泛湖和颜将军韵》。庚戌年(1610),诗人远赴武昌,李流芳作有《送程孟阳游楚中》相赠,程嘉燧客于武昌,至壬子年(1612)二月,与瞿起田一起由武昌返乡。

戊午年(1618),诗人前往山西上党入幕,直至乙丑年(1625)才最终返回江南,此后程嘉燧再未有远行的经历,他的交游半径又重新围绕在江浙、皖南等江南一带,直至终老。

第二节　尘世佛缘

程嘉燧诚心礼佛,其于佛教经典"出入无拘牵",多次到访古刹,结交方士高僧。《歙事闲谭》中专门提及:"孟阳素深于《庄》《老》《楞严》诸书,适惠藩送一斋律师赴云谷,遂裹粮皈心落下,法名海能,长斋持戒,一如老衲。"[①]围绕在他身边的知交好友也多与程嘉燧性情相似,"嘉定四先生"之李流芳、唐时升、娄坚无不与僧衲结交,创作了大量描写禅林古刹与深染禅悦习气的作品,他们还热衷于襄助释门,撰写了大量的佛寺募缘疏与宣扬僧侣功德文,如李流芳的《檀园集》中保存有《募造真圣堂石桥疏》《重建五方贤圣殿疏》《重修香雪庵疏》《白鹤寺募建三元殿疏》《僧可上人结庵径山缘起》等;李流芳于禅宗中之净土宗最为有意,是武林云栖大师的俗家弟子,取法名"广山扈"。《李长蘅墓志铭》中言:"谓人世不可把玩,将刳心息影,精研其所学于云栖者,以求正定之法,未久而

① 许承尧:《程孟阳晚年为僧于黄山》,《歙事闲谭》卷13,合肥:黄山书社2001年版,第423页。

病作，犹焚香洮颒，手书《华研》不辍。”[①]

娄坚的《学古绪言》中收录有《修复真际庵记》《书募缘造经册》《为募缘僧题疏簿》《题月印师刺血写报恩经后》《题西域僧左吉古鲁卷》。并在其书中记载有与程嘉燧一同参研佛法的经历“晚与读释氏之书，皆信以为实，然自是观于身世常思渐解缠缚”[②]。钱谦益《王淑士墓志铭》有载：“余为诸生时，与嘉定李流芳长蘅、昆山王志坚淑士交……三人者，器资不同，其嗜读书，好禅悦，标置于流俗势利之外则一也。”[③]作为程嘉燧的忘年交，钱谦益自幼就在佛理氛围浓厚的环境中长大（钱氏家族世代礼佛），童蒙时就拜雪浪、洪恩为师，与佛门有不解之渊源。

程嘉燧也撰有不少禅悟佛理类文章，如《一树庵造像疏》《照微莲花峰下结庵疏》《虎丘铁佛庵空谷楼疏》《崇德县西寺禅堂示众记》《重新建造真际庵疏》等。程氏在《一树庵造像疏》中不无深情地说：

> 阿弥陀弘开誓愿，于五浊世接引众生。善男女专持佛名，即一念间往生净土。须见光明之像，共成观想之音。自莲池和尚力倡念佛，化导有情；值普门大师身坐道场，兴隆末法。由是人始得闻希有难信之事，咸知供佛及僧，所在成就最盛。

---

① 钱谦益：《李长蘅墓志铭》，《牧斋初学集》卷54，上海：上海古籍出版社1985年版，第1349页。

② 娄坚：《送程孟阳游楚诗序》，《学古绪言》卷3，《文渊阁本四库全书》第1295册，台北：台湾商务印书馆1983年版，第37页。

③ 钱谦益：《王淑士墓志铭》，《牧斋初学集》卷54，上海：上海古籍出版社1985年版，第1351页。

功德之缘，皆如忆子见母。①

早在程嘉燧20岁左右时，友人丘五丈赴南京刊印藏经，诗人对此称赞不绝，云：

清秋白发两萧然，况复袈裟共泛船。
老去莲华心自解，闲来贝叶手能诠。
岩边礼石俱成佛，江上看山亦是禅。
建业莫教淹杖屦，东林知己待君偏。②

大约在万历壬寅(1602)、癸卯(1603)年间，步入中年的程嘉燧在《溪堂题画四首》之一中写道："白发新生半老时，爱看经卷懒吟诗。夜来醉后风情在，画得吴阊游冶儿。"③万历己未(1619)年，程嘉燧又在《己未元日试笔》中写道："扫地焚香无一事，半窗红日看冰消。"④

程嘉燧自年轻时即开始信奉佛教，颇有佛学修为，约至40岁，即创作《松圆浪淘集·雪浪卷》期间，诗人与僧衲的交往渐趋频繁，翻检程嘉燧的诗集，可以发现诗人喜结方外交，与为数众多的禅林中人往来密切，论说精妙佛理，这其中多为今日已然淹没难考

---

① 程嘉燧：《一树庵造像疏》，《松圆偈庵集》卷下，《续修四库全书·集部·别集类》第1385册，上海：上海古籍出版社1997年版，第811页。

② 程嘉燧：《送丘五丈白下印藏经》，《松圆浪淘集》卷1，《续修四库全书·集部·别集类》第1385册，上海：上海古籍出版社1997年版，第605页。

③ 程嘉燧：《溪堂题画四首》，《松圆浪淘集》卷7，《续修四库全书·集部·别集类》第1385册，上海：上海古籍出版社1997年版，第637页。

④ 程嘉燧：《己未元日试笔》，《松圆浪淘集》卷16，《续修四库全书·集部·别集类》第1385册，上海：上海古籍出版社1997年版，第713页。

的方外之士,如季常上人、闻上人、玄津上人、蕴晖师、宝藏禅师、西吾上人、莲居师兄、怡玄等人,不过雪浪师、等慈师、达观和尚等饮誉海内的僧人亦与程嘉燧有着很深的交谊,这在他的诗文集中多有反映,包括栖宿寺庙、夜谈赏游、商证禅理或纪游赠别等内容。程嘉燧在与他们的不断往来酬唱中,佛禅修为也得以进一步升华,并在自己的诗篇中透出一种禅悟。

《松圆浪淘集》中,程嘉燧与禅衲的往来酬唱诗别有滋味,值得一读。如《寄雪浪师京口》[1]:

遥知宴坐长林芳,杯渡中泠一叶黄。
六代风流思捉尘,五州烟月梦禅床。
雕菰水国香炊雪,朱橘山城味饱霜。
此地旧多支许契,往来应不厌津梁。

雪浪师名洪恩,俗姓黄氏,金陵人。《列朝诗集小传》称他:“公高额广颧,肌理如玉,具大人相。所至儭施云委,不推不恋,博通经史,攻习翰墨,登山临水,听歌度曲,随顺世缘,了无迎拒。”[2] 12岁出家于长干寺,18岁时佛法淹通,“晚年开接待院于吴之望亭,日则随众作务,夜则篝灯说法”。卒后葬于雪浪山,钱谦益亲为补撰塔铭。《松圆浪淘集》中《雪浪卷》下注释云:“丙午(1606)夏,从雪浪恩公谈《楞严经》于惠山河浒庵,秋再游白下。十月,雪浪

① 程嘉燧:《寄雪浪师京口》,《松圆浪淘集》卷9,《续修四库全书·集部·别集类》第1385册,上海:上海古籍出版社1997年版,第659页。

② 钱谦益:《雪浪法师恩公》,《列朝诗集小传》闰集,上海:上海古籍出版社1983年版,第703页。

师来资善寺讲《圆觉》《金刚》诸经。”程嘉燧与雪浪二人书信往来，传唱不绝。另外，程嘉燧在佛法方面多受雪浪点化，这对程嘉燧的文学创作主张、思想信念以及日后遁入空门的经历可谓影响至深，程嘉燧自己也曾向钱谦益提道：“自丙午后多无意为文者”[①]。

其在《闻等慈师在拂水有寄》中写道：

远寻禅老叩林扉，松栝藏门尽十围。
好事只余投白社，娱人况复自清晖。
帆前雨重怜峰去，寺杪湍惊想瀑飞。
休夏再来曾有约，何时心迹两皈依。[②]

等慈师又名广润，吴兴人，俗姓钱氏，名行道，字叔达，少负文藻，苦吟好客，耿介重义气，年少时被人构陷下狱，得释后削发于云栖。等慈云游至虞山，终老于拂水精舍，其间卧病多年，依然不忘专研佛法，“焚诵不辍，坚坐念佛而逝”，卒后葬于破山四高僧墓。常熟拂水山居是程嘉燧与等慈交往聚会的重要地点之一。程嘉燧每到拂水山居，总是会与等慈禅师参研佛理，探讨诗法。《闻等慈师在拂水有寄》《三月三日泊虞山下步寻等慈师不遇》等就是此期的诗作。

达观和尚，又称紫柏大师，讳真可，世居吴江太湖之滨，明代声名显赫的四大高僧之一。程嘉燧与达观和尚亦有往来，并作有《冬

① 程嘉燧：《与钱受之》，《松圆偈庵集》卷下，《续修四库全书·集部·别集类》第1385册，上海：上海古籍出版社1997年版，第798页。

② 程嘉燧：《雨中别等慈师拂水山房寄怀一首》，《松圆浪淘集》卷15，《续修四库全书·集部·别集类》第1385册，上海：上海古籍出版社1997年版，第700页。

日独游东皋草堂柬达观兄》等诗作。另外,程嘉燧常年居于嘉定、常熟、徽州等地,与很多不知名的僧衲亦结下深厚情谊,相互酬唱往来,风味翩跹,禅意深隽。见《同隐峰长老过海慧堂赠怡玄》一诗:

东林北院好经过,相去牛鸣百顷禾。
出寺经声流水递,过桥人影夕阳多。
但看心地随珠映,底用顽砖作镜磨。
老却白云无一事,茶瓜留客欲如何。[1]

又如《访孔雀庵蕴晖师不遇》[2]:

竹堑萝垣白板扉,庭梅烂熳雪花飞。
窥窗白拂仍留在,却抱孤琴下翠微。

钱谦益《列朝诗集小传》中有记曰:"孟阳读书不务博涉,精研简练,采掇菁英,晚尤深老、庄、荀、列、楞严诸书,钩纂穿穴,以为能得其用。"[3]程嘉燧于佛家诸典中尤其谙熟《楞严经》,显然更多是受到一雨禅师的影响。一雨师,名通润,字一雨,俗姓郑,西洞庭山人。幼年即出家长寿寺,并侍从雪浪师往来于南京花山、镇江焦山

① 程嘉燧:《同隐峰长老过海慧堂赠怡玄》,《松圆浪淘集》卷13,《续修四库全书·集部·别集类》第1385册,上海:上海古籍出版社1997年版,第682页。

② 程嘉燧:《访孔雀庵蕴晖师不遇》,《松圆浪淘集》卷15,《续修四库全书·集部·别集类》第1385册,上海:上海古籍出版社1997年版,第698页。

③ 钱谦益:《松圆诗老程嘉燧》,《列朝诗集小传》丁集下,上海:上海古籍出版社1983年版,第577页。

等地讲经授义，佛学修为深厚。一雨师曾专为《楞严经》《楞伽经》注疏，由是自称“二楞主人”，并改寺院名为“二楞庵”。

《楞严经》，一名《大佛顶首楞严经》，共十卷，唐般剌密谛译。《楞严经》阐明“根尘同源，缚脱无二”之旨，并解脱三昧之法与菩萨之阶次，是开示修禅要义的经典。自中唐起，《楞严经》大盛于禅教之间。明智旭《阅藏知津》称：“此经为宗教司南，性相总要。一代法门之精髓，成佛做祖之正印。”《楞严经》中最负盛名的话头非“七处征心”“八还辩见”莫属，“转迷成悟”为其要义所在。按佛家言，人之所以会产生虚妄的六识，是因为内六根与外六根的接触，沾染根尘，从而引发诸多无端的世俗烦扰。《楞严经》中劝诫士人要祛除妄心见本心，摒落尘俗明见性，从心灵桎梏的困境中摆脱出来，走上精神自由的修行路途。程嘉燧深悟《楞严》精髓，“解脱”“悟”“明心见性”“除妄心”等佛教词汇屡见其诗文之间。《耦耕堂集·崇德县西寺禅堂示众记》中的一段话语是援佛入文的直接例证，引曰：“佛言山河大地，一切世界，皆因妄心成立，故其为教止于正命乞食，树下再宿，所以灭妄归真，而后世之守其教者。”①

程嘉燧好与释子胜流交往，弈棋度曲，以诗谈禅，拈花飞叶，时臻妙境。不过，程嘉燧最为出色的佛禅诗还属一类融禅意于无迹的诗篇，可以称得上清澹悠远，机趣横生。

如《昆山杂题画绝句十首》一诗：

不见林僧春复冬，梦经兰若向垆峰。
西窗一榻今闲否，来听霜天塔院钟。

① 程嘉燧：《崇德县西寺禅堂示众记》，《耦耕堂集》文卷下，《续修四库全书·集部·别集类》第1386册，上海：上海古籍出版社1997年版，第70页。

江月酣林水透霜，水精禅院旧绳床。
邻房僧起啼鸦散，塔里残灯飐晓光。
见说南朝僧巨然，笔踪苍老墨清妍。
野人风韵惟牵率，随意来参杜撰禅①。

“禅”和“诗”在相互的共同点“悟”和“妙悟”上很自然地连接在一起，将比较单调的禅语融入具有丰富内涵的诗歌境界中，使意境悠远的诗歌显得机锋四溢，包含着无穷的玄机。程嘉燧诗歌中有少数篇章达到了这一艺术高度，“宿云残月有无山”，山峦在宿云残月的映衬下若有若无，隐约浮现，这本是山水画的常用技法，但在这里亦可以理解为颇具禅趣的神来之笔。无山，亦是有山；有山，亦是无山。颠来倒去，其实不关涉宿云残月这一心障。“烟峦自是闲家具，施与林僧任往还”，将烟峦视为闲家具，亦是佛家妙语。另外，诗人更多的是频频撷取释门意象，化入文字中，使得诗歌的佛禅气韵体现得淋漓尽致。

第三节　诗间梵呗

细细考索诗人上述行迹，我们可以发现，诗人的山水游踪有着个性鲜明的特征。第一，诗人游踪行迹有一定的地域范围，即以江南区域为版图，嘉定、昆山、南京等地是程嘉燧的活动中心。第二，程嘉燧早年游兴浓郁，来往于金陵、余杭、昆山之间，踪迹频频，而中晚年的诗人游兴渐弱，天启乙丑年（1625）以后，接近“知天命之

① 程嘉燧：《昆山杂题画绝句十首》，《松圆浪淘集》卷9，《续修四库全书·集部·别集类》第1385册，上海：上海古籍出版社1997年版，第659页。

年”的程嘉燧游踪明显衰歇，只是偶尔应挚友邀约，囿于苏南、新安等很小的地域范围，聊作旧地重游，并偕同钱谦益栖隐拂水山居长达数年，晚年更是归乡独居新安长翰山中。第三，在程嘉燧的山水游踪图中，禅林佛寺是极为重要的意象，贯穿了诗人的整个生命轨迹，禅衲佛缘成为诗人吟哦中一抹绚烂的色彩。

明季，参禅礼佛已成为士大夫阶层的一种风尚，是佛教禅宗继唐后又一次波澜纷起的时代，流风所至，遍及学林，时人皆以谈禅问道为雅趣，视结交僧道为高洁。其原因不外乎如下二端：第一，晚明时局板荡混乱、内忧外患。国家前途与个人命运不可把握的无常感挥之不去，促使世人转而关注个体生命的自由解脱，开始了对内心世界的回归反省，投佛门以避世甚至借逃禅以免祸。二是，明中叶后，阳明心学及其后学的兴起发展，对晚明思想界影响深远，思想解放意识抬头，士大夫不再为儒家修行济世之责任所拘束，视道德名利如浮云草芥。心学与禅学的合流，加速了禅悦之风的盛行，崇信禅佛已成为当世流习，几乎无人能免。《五杂组》卷 8 云：“今之释教殆遍天下，琳宇梵宫盛于黉舍，唪诵咒呗嚣于弦歌，上自王公贵人，下至妇人女子，每谈禅拜佛，无不洒然色喜者。”①

诗坛胜流如李贽、汤显祖、袁宏道兄弟、黄辉、陶望龄、钟惺、谭元春、冯梦龙、钱谦益之辈无不结交禅衲，习研佛旨，以参禅慰藉心灵的焦躁空虚，在细腻空灵的笔墨中追求一种私人化、表现内心情绪的艺术。晚明不少作家、名士都写过关于佛教、禅学的专门著作，如李贽有《华严经合论简要》《般若心经提纲》，袁宏道撰有《宗镜摄录》《珊瑚林》《金屑编》《六祖坛经节录》，钟惺《楞严经如说》，或在与朋友同辈的书信往来中谈禅说理。李贽笃信佛教，晚

① 谢肇淛：《五杂组》卷 8，上海：上海古籍出版社 2012 年版，第 145 页。

年虔诚皈依，出家为僧，更著有《李氏焚书》一部，是与朋辈间谈佛说理时书信往来的专门记录。

与整体的时代氛围相投合，程嘉燧亦不能免俗，许承尧在《歙事闲谭》中称，孟阳“素深于《庄》《老》《楞严》诸书”[1]。心境淡定无作它想，只求“平淡生涯且自娱”。程嘉燧在《松寥诗引》自序中亦有言：“余晚遇禅老，皈心空寂，其所存诗皆唾弃结习之余耳。”[2]翻阅程嘉燧的诗歌，可以体味缭绕于文字之间的浓郁的佛教因缘，而其歌诗中浸染的独特审美感受也多得益于禅学的启悟。

不计其数的禅林佛寺是明代江南的重要人文景观，古刹的高殿断碑、千佛飞岩，摄人心魄、气象万千的释门壁画，缭绕不绝的晨钟暮鼓、佛偈梵呗之音无不拨动着文人墨客的艺术神经。江南片的南京、扬州、镇江、常熟、苏州、杭州一线是程嘉燧游踪版图的核心地带，而坐落其间的禅林佛刹则是诗人每过必访的景观，诗人流连于此，创作了大量的禅林景观诗。所谓“诗法不相妨”即诗歌创作与佛法是不相妨碍、融通互渗的。通过参禅悟道而获得空静超脱的心境，是营造高妙诗歌艺术境界的保证之一，深厚的佛教修为显然对艺术创作有推动促进作用。

程嘉燧早年游历于南京的瓦官寺、弘济寺、灵谷寺，留有《瓦官寺观石刻佛像》《游燕子矶弘济寺》《灵谷寺》等诗作；游栖霞寺时写下《薄暮至栖霞寺》[3]：

---

① 许承尧：《程孟阳晚年为僧于黄山》，《歙事闲谭》卷13，合肥：黄山书社2001年版，第423页。

② 程嘉燧：《松寥诗引》，《松圆浪淘集》卷首，《续修四库全书·集部·别集类》第1385册，上海：上海古籍出版社1997年版，第590页。

③ 程嘉燧：《薄暮至栖霞寺》，《松圆浪淘集》卷1，《续修四库全书·集部·别集类》第1385册，上海：上海古籍出版社1997年版，第602页。

古寺松门带远山，荒桥过马践苔班。
虚亭碑暗流云入，高殿灯微宿霭还。
鸟下山厨斋饭静，僧开竹户石床闲。
翠微最近中峰路，千佛飞岩喜共攀。

赴扬州的法海寺，诗人有《泛舟法海寺观音阁望金山怀子柔京口》；几度登临镇江的金山寺，诗人作《金山寺》《润州城下泛舟登金山寺》等：

乱帆遥向一山分，寺外虚传郭璞坟。
天积秋阴浮水气，江翻落日晃峰文。
还疑方丈浑连海，已似潇湘不见云。
坐久涛声响空际，愁心木叶共纷纷[①]。

过焦山寺，诗人则有《焦山寺访湛公过净莲故居复同比玉和苏韵》；常熟县西北十里有破山，山麓有寺名破山兴福寺，建于齐梁间，诗人更为之辑撰《破山兴福寺志》[②]；过苏州治平寺、上方楞伽寺、天平白云寺，诗人作《自茶磨入治平寺》《登上方楞伽寺》《九月重过天平白云寺题壁》；游杭州西湖边的灵隐寺、净慈寺、法相寺，又作《灵隐寺至韬光》《灵隐绝句》《净慈东退居》《法相寺二首》等诗作。

诗人年轻时的古寺游踪诗多以游者视角，用细腻的笔触摹写禅林风致，深山幽境，尚属于山水诗之一宗。时过境迁，年齿渐长，

① 程嘉燧：《金山寺》，《松圆浪淘集》卷 2，《续修四库全书 · 集部 · 别集类》第 1385 册，上海：上海古籍出版社 1997 年版，第 608 页。

② 是书卷 1、卷 2 记载山中古迹而诗文附焉，卷 3 志建置，卷 4 志禅宗。

诗人的释家修为逐渐醇厚,从这之后的诗作中可以清楚看出,程嘉燧30岁左右所作《九月重过天平白云寺题壁》①:

九月山深风满寺,到门落日不逢僧。
窗闲乱石无冬夏,添却丹黄几万层。

又45岁再至西湖灵隐作《灵隐绝句》②:

欲访高人见古藤,林风山月晓堪乘。
偶来不见窗中客,一笑还逢石上僧。
径出双峰石有苔,松骄竹冗昼难开。
偶然记得林僧约,独过湖心载月来。
竹里书窗夜不关,峰头踏月涧西还。
阴崖泉树濛濛湿,倒射寒光雪满山。
雨濯松萝泛早凉,竹声寂历涧声长。
林烟未散远峰出,手卷残经看夕阳。

程嘉燧一生漂泊湖海,饱经风霜淬炼,又多师友襄助,风格渐臻老成,下笔为诗,百态千状,自成一格。斯时,诗人重游禅林古刹,访僧问友,感念情绪油然而生,发而为诗,老藤石苔、林风山月、阴崖泉树、松萝雨竹无不投射着一种洞彻世事人情的佛理气息。

① 程嘉燧:《九月重过天平白云寺题壁》卷5,《松圆浪淘集》,《续修四库全书·集部·别集类》第1385册,上海:上海古籍出版社1997年版,第630页。

② 程嘉燧:《灵隐绝句》,《松圆浪淘集》卷12,《续修四库全书·集部·别集类》第1385册,上海:上海古籍出版社1997年版,第673页。

第四章　程嘉燧的诗、画创作活动

诗歌是语言（听觉）的艺术，绘画是造型（视觉）的艺术，宋人称诗是“有声画”，画是“无声诗”。有关诗、画间交融互渗的关系，前辈学者已有详尽论述，如此，欲全面了解程嘉燧的诗歌创作，其于绘画方面的突出成就是断然不可忽视的，更何况程嘉燧的丹青才能直接影响了他的题画题扇诗的创作。清周亮工就曾谈到对程嘉燧其人其画的印象：“‘深静枯淡，如深山学道人，颇相期待，比以管乐……乔松古藤之下，恍然见之，不减在彷村华林时，握麈支颐也’。王贻上（王士祯）曰，‘松圆诗，往往有画想，观此乃如见其诗’。”①

程嘉燧的诗集中与题扇、题画相关的作品数量，据粗略统计近90首，这其中既包括诗人为他人画作而专门题写的诗作，如《走笔题伯雨兄藏寒林扇图》《行书游虞山诗》《题张伯美画留通州天宁寺》《题吴处士若虚风雪沽酒图》，也包括为自己的画作题诗，如《还砚图并诗》《山水》《题醉中墨竹》《题墨花蝴蝶》等，诗与画的相得益彰，还原出一位内心更加丰富、更加感性的程嘉燧。

① 周亮工：《读画录》卷2，杭州：西泠印社出版社2008年版，第98~99页。

第一节　程嘉燧的绘画历程

明代是中国绘画创作最为活跃的时期，这种活跃不仅表现在绘画题材选择上的丰富广泛，也表现在创作主体的积极性上。较之前代，由于画坛风尚的转变，传统专职画家或向文人画靠拢或彻底转入民间，至晚明时，文人画完全占领了中国画的历史舞台。画作者往往集画家、诗文作家、书法家等多重身份于一体，出入于诗、书、画之间怡然自得。程嘉燧便是这其中的一例。

程嘉燧初涉画坛的确切时间不可考，且程氏对自己的画作极为矜重，绝不轻易创作，所以传世作品相对稀少，很大部分是扇面画及其他小品。翻检程氏留下的且署有年代的绘画作品，最早当属万历三十四年(1606)所作的《山水》卷，今藏于辽宁省博物馆，余下皆是程嘉燧45岁以后的作品(详情可参见附录部分的《程嘉燧绘画作品辑录》)，由此可知，程嘉燧初涉画坛的时间应是中年以后。程嘉燧画名为诗名所掩是不争的事实，可断不能据此而否定程嘉燧在绘画方面的成就，他画名成就较诗名晚，然亦有可称颂处，太仓吴伟业撰《画中九友歌》，将程嘉燧与董其昌、李流芳、杨文驄、张学曾、卞文瑜、邵弥、王时敏、王鉴九人冠以“画中九友”。董其昌对程嘉燧的画作也极为推崇，程嘉燧现存画作《秋林策杖图》上就有董氏的题跋，写道：“孟阳最矜重其画，不轻为点染，此幅真吉光片羽，人间不多见也。”[①]近代新安画派集大成者黄宾虹曾言：“松圆老人以诗名海内，其画意秀逸圆劲，为开新安四家之

① 周亮工:《读画录》卷2，杭州:西泠印社2008年版，第100页。

祖。”[①]寥寥数语，透露出程嘉燧在诗坛画界的地位声望。

程嘉燧工于绘画，不单纯是出于对艺术的执着追求。正如黄霖先生所言：“作家进行创作时，其生存状态怎样？衣、食、住、行如何？家庭的经济来源何在？这些问题往往被忽略。而实际上，文人的物质生存条件、经济来源等问题在某种意义上决定着作家创作风格的形成与成就的高低，所以很有必要加强这方面的研究工作。”[②]从程嘉燧的诗文中，偶能窥探到诗人的生存状态。与不食人间烟火的超凡脱俗的形象相反，他是一位常常为了生计而奔波的穷困文士，好友娄坚曾有言：“孟阳困于谋生。”没有入仕就没有稳定的俸禄来源，程嘉燧只能选择与大多数传统的布衣文人相类似的方式谋生，按照张仲礼先生在《中国绅士研究》一书中的归纳，无外乎笔耕、游幕、坐馆、经商、方技、力耕等几类。

程嘉燧显然更倾向于选择笔耕这种文人最擅长、也最适合他疏诞不羁个性的方式。程嘉燧自认不事生产，且比之游幕和坐馆，笔耕更显自由和富有文化气息。所谓笔耕原指依仗自己的文才，为他人抄录或撰写他人所需要的各种文章以获取酬劳的谋生方式。唐代之后，“笔耕”一词的本来意义逐渐淡化，而演化为撰文、卖字、卖画。唐王勃就因文才出众，时常为人代笔，而获利颇丰，被称作“心织笔耕”。清代甚至有放弃仕进而专心以笔耕谋生者，郑板桥与袁枚即是其中最成功的两位。官居县令的郑板桥，辞官鬻画，“以笔墨租税，岁获千金，少亦数百金”。[③] 但郑板桥只是个例，

---

① 黄宾虹：《黄宾虹文集》，上海：上海书画出版社 1999 年版，第 64 页。

② 黄霖：《序》，转见朱丽霞著《明清之交文人游幕与文学生态》，上海：上海古籍出版社 2008 年版，第 2 页。

③ 郑燮：《板桥偶记》，《板桥家书》，北京：人民文学出版社 1994 年版，第 151 页。

并非所有的文士都能通过笔耕的方式获得相对富足、体面的生活，绝大部分还得终日为生计奔忙。程嘉燧曾说："纵耽书画癖，难使饥渴济。"这是对卖文鬻画却无法满足日常所需的一种无奈叹息。至少在中年之前，程嘉燧在书画领域名气尚微，导致书画价格过低，无法自足。但及至程嘉燧晚年后，乃至其身故后，其书画作品的时价暴增。顺治十五年（1658），钱谦益在为程嘉燧生前的扇面画题跋时称："断楮残缣价倍增，人间珍赏若为凭。松圆遗墨君应记，不是緪云即送僧"[①]不过数十年的间隔，程嘉燧的存世画作已被誉为"人间珍赏"，与之前的"难使饥渴济"的情形犹如天壤之别。康熙二十九年（1690）《歙县志》中也有类似记载，"鉴家得其（程嘉燧）片画只字，咸重直争购"。[②] 这怕是程嘉燧生前不曾预料到的。

程嘉燧中年后游踪广大，素爱亲近自然，擅山水画作，兼工笔写生，后世对其绘画风格进行品评也多以山水画为对象。程嘉燧的作画过程也颇具可观性，往往是酒酣宴罢，即兴落笔，画卷立成，全任性情所发，放旷适宜。《冷泉亭画记》一文中，就生动地记录了程嘉燧酒酣大醉之后，挥毫泼墨的状态：

> 鲁生以此扇索画，留余箧中年余矣。今年再同至杭。长夏，鲁生泊松毛，而余栖韬光，时往来焉，又时时致美酒，酒酣，辄与坐客挥洒。

① 钱谦益：《戊戌新秋日吴巽之持孟阳画扇索题为赋十绝句》，《牧斋有学集》卷9，上海：上海古籍出版社1996年版，第435页。

② 靳治荆等编修：康熙《歙县志》，台湾：成文出版社1984年版，第1120页。

一日，鲁生所饷酒特芳洌，适雨过，下至冷泉亭观瀑，经灵隐寺僧舍，携友人数辈，先置此扇于案，汲水拭砚，及移茶铛酒榼，就涧底弄石掬水，磅礴大醉，径起入寺，因惜鲁生不共此，作图贻之。①

程嘉燧寓居杭州期间，友人张崇孺常常馈赠美酒，出于回报，亦是偿还数年前就拖欠累积的“清债”，程嘉燧为其作扇面画一幅。按照程嘉燧的习惯，作画之前先饮酒，等待酒酣耳热，“磅礴大醉”之际，方才起身作画，并在顷刻之间挥就，其状态令“众客颇为绝倒”。

程嘉燧的山水画作风格偏于枯澹闲静，清寂萧瑟，承黄公望、倪云林气息为多。明人以宗倪云林为风尚，有“云林画，江东人家以有无论清俗”的说法。程嘉燧的诸多好友如唐时升、李流芳等都有“仿倪”的经历。程嘉燧在画技上也对倪云林的寒霜傲笔极为拜服，后学龚贤在其《山水卷》自跋中评曰：“孟阳开天都派……似云林。”清人戴熙总结道：“云林画法，程松圆得其疏，查梅壑得其淡，恽南田得其秀……”②这是画史对程嘉燧画风较为中肯的定性。

程嘉燧有过相当长一段侨居嘉定的经历，这对其画艺的提升无疑是一次契机。明代的嘉定、常熟一带是继吴门画派之后华亭派、苏松派、云间派的重要活动基地。明中叶以降，随着手工业经

① 程嘉燧：《冷泉亭画记》，《松圆偈庵集》卷上，《续修四库全书·集部·别集类》第1385册，上海：上海古籍出版社1997年版，第765页。

② 戴熙：《习苦斋画絮》，《续修四库全书·子部·艺术类》第1084册，上海：上海古籍出版社1997年版，第683页。

济的地域性繁荣，该地区成为享誉四方的殷富之地，其当时繁华的盛况，又给文化事业的发展带来了诸多益处，市民的文化需求也随之增多，士人对书画之道的热衷达到近乎痴绝的境地。具有影响力的画派、画家辈出，山水画在晚明文人画实践中占主导地位，流风所至，一时间成为整个画界的风尚。钱谦益《列朝诗集小传》中曾有言："（孟阳）善画山水，兼工写生。"[①]程氏今所存世的墨笔中山水画占绝大多数这一事实，就是最好的例证。程嘉燧生活的地域无论徽州还是吴越皆胜地佳景，山峦沟壑形态万千，收之笔端，便成无尽翰墨。正是如此得天独厚的自然山水，清幽秀绝的景色培养了程嘉燧喜绘山水的偏好。兼之中年后的程嘉燧游履广阔，常涉足苏杭、虞山、常熟等名山胜境，以优游林下寄情山水为乐，至山水绝胜处，图写真景，赋诗纪游。其于崇祯十三年（1640）所作《西湖纪游图》以及逝世前所作《山水》册，都是实景写生，程嘉燧存世画作中此类实景构图的作品不乏其例。

作为诗人兼画家，诗歌与绘画创作对程嘉燧而言，皆是传达内在情感、意趣的手段，每每兴之所至都能激发起其创作的热情。钱谦益就曾描述过程嘉燧作画时的诸种情状："酒阑歌罢，兴酣落笔，尺蹏便面，笔墨飞动。或贻书致币，郑重请乞，摩挲瑟缩，经岁不能就一纸。"[②]

程嘉燧周围多善工笔墨之人，这对程嘉燧画技的成熟大有裨益。如至交李流芳、宋比玉等都以画名称著当时，邹孟阳、张子薪都是擅于品画之人。李流芳画艺超著同俦，往来索画者络绎不绝，

---

① 钱谦益：《松圆诗老程嘉燧》，《列朝诗集小传》丁集下，上海：上海古籍出版社 1983 年版，第 576 页。

② 同①。

同辈中唯程嘉燧等数人能与切磋技艺，周栎园题郑汝器藏《李宋合作画册》云：“长蘅作画，如狮子孤行，不求伴侣，许为连镳接轸者，比玉、孟阳二人而已。长蘅常语虞山先生曰：‘余精舍轻舟，晴窗静几，闲看孟阳吟诗作画，此吾生平第一快事。’牧斋曰：‘吾却二快，看兄与孟阳耳。”①

程嘉燧晚年返乡定居，虽年事已高但他仍没有停止在画技上的专研和探索，其晚年画风愈发偏显萧瑟一格，简省洁净，滤尽尘俗气息。其荣归故里，对新安画界后学而言是一件幸事，短时间内就在程嘉燧周围汇聚成了一个绘画群体。从其返乡之初至崇祯十三年终老于新安，虽只三年时间，但对新安画派日后的崛起而言却是不可或缺的关键性人物。

第二节　风启新安：程嘉燧的绘画成就

新安画派始盛于清，是以山水画作为主要创作内容的区域性画派。从社会身份上考察，新安画派基本上是偏居一隅，隐逸于山林、乡野或市井的文人画派，此点有别于吴门文人画派。新安画派称谓首见于清代张庚《浦山论画》中，在细数有清一代绘画门派时有评价道：

> 画分南北始于唐世，然未有以地别为派者，至明季方有浙派之目。是派也始于戴进，成于蓝瑛。其失盖有四焉：曰硬、曰板、曰秃、曰拙。松江派国朝始有，盖董文敏、赵文度两家之

---

① 许承尧：《程孟阳李长蘅佚事》，《歙事闲谭》卷54，合肥：黄山书社2001年版，第725页。

习。浙即趋于纤弱甜赖矣。金陵之派有二:一类浙,一类松江。新安,自渐师以云林法见长,人多趋之,不失之结,即失之疏,是亦一派也。①

张庚此文为吹捧恩师而作,持论难免有失公允,但他明确了新安画派之目。程嘉燧师法倪、黄二公乃是新安画派之滥觞,龚贤《山水卷·跋》中有一段精辟论述:

孟阳开天都一派,至周生始气足力大。孟阳似云林,周生似石田,仿云林。孟阳程姓,名嘉燧;周生李姓,名永昌,俱天都人。后来方式玉、王尊素、僧渐江、吴岱观、汪无瑞、孙无逸、程穆倩、查二瞻又皆学此二人者也。诸君子并皆天都人,故曰天都派。②

天都乃黄山山峰名,此处泛指整个徽州地区。"又皆学此二人者也"句,透露出天都派在师承关系上是一致的,且均在同一个地域长期从事绘画创作活动。就影响力而言,天都派自然难与成熟期的新安画派一较高下,康熙以后,天都派之名几乎在艺苑中已消失无闻,但天都派却是直接孕育了新安画派,与新安画派前后为继,一脉相承。只是当时新安画派的名称尚未正式提出,称作天都派,也是符合当时情境的。程嘉燧既被推为天都派鼻祖,那么被赞

① 张庚:《浦山论画》,转见沈子丞编《历代论画名著汇编》,北京:文物出版社 1982 年版,第 423 页。

② 龚贤:《山水卷·跋》,《山水卷》今藏美国哈佛大学福格美术馆。跋语转见汪世清、汪聪合编《渐江资料集》,合肥:安徽人民出版社 1984 年版,第 196 页。

以新安画派先驱的名号良非过誉。民国《歙县志》上载有汪洪度对同乡籍画家画风的品评,谓:“吾乡绘事,国初为盛,松圆老人后,僧渐江、程垢区、查梅壑、祝壮猷工山水。”①可见,明清时期的徽州人就已将程嘉燧视为新安画派的开创者。

从新安画派对传统画风格的延续上考察,禅家有南北二宗,唐时始分,画家亦有南北二宗,同始于唐。南北之分并非指地理位置的区别,而是以南与北指代山水画这一特殊的绘画题材中的创作倾向性。北宗则以着色山水为典型技法,南宗自王维始起用渲染法,一变勾斫之法描摹山水,后元四家便是南宗的忠实继承者。新安画派主要师承南宗一脉,特别是倪云林、黄公望,但也兼学北宗,集众长为己用,又能守正创新。

新安派因特定的师承关系,于风格气度上呈现出共通的特点,但亦有无可回避的整体性不足:“不失之结,即失之疏。”程嘉燧的山水画以清劲细净、恬淡秀逸见长,他与董其昌有共同的审美理想和追求。二人连同“画中九友”中的余下几位,大都学元人,程嘉燧画风中倪、黄气息浓郁是显而易见的,形成了疏简淡逸的特点,相比较而言,其在整体气质上则是更多地吸收了倪云林笔墨无多、意境幽远的长处。董其昌亦认为程嘉燧山水画多仿倪云林,明代书法家杨瀚也有“程嘉燧用笔纯似云林”的评述。这一点在崇祯三年(1630)程嘉燧所作《一叶浮水面图》(又名《仿倪山水》)中体现得淋漓尽致,完全是倪派风格,尽显士大夫淡雅的气质。程氏另收藏倪云林、黄公望多幅传世画作,惜为珍宝。

倪云林认为绘画创作的主旨在于写胸中逸气,聊以自娱,外在

---

① 石国柱等修,许承尧纂:民国《歙县志·卷十·人物志》,民国二十六年(1937)铅印本,第84页。

描摹对象只是画家借以表现个人内心世界的媒介,不可拘束于它的具体外形。被誉为"元季四大家之冠"的黄公望,在中国山水画的发展史上占据重要地位,是代表着"宋人重墨,元人重笔"技法上取得突破的杰出山水画家。黄公望运笔不为成法所宥,其性情的洒脱坦荡,使他的画格趋于平淡冲濡,善于细节描摹,如使以点苔技法令山石蕴藉而充满灵性,被赞为"沈秀苍浑,笼罩一代"。

相比而言,二公之画作皆富有浓郁的感情色彩和鲜明的个性特征,在题材的选择与审美意识上呈现出一种摆脱仕途烦恼的超脱,画面形迹脱略,而以"笔简形具"得之自然的逸品为宗。程嘉燧的审美倾向与此是完全契合的。

程嘉燧的画风并不是一以贯之的,而是随着其生活环境、心路历程、年龄增长等因素而有所变化,早期画风呈"清润"一格,晚期偏于"萧瑟枯淡",而早、晚期的划分时限正是以程嘉燧返乡为界。其实更严格地说,在他返乡前一年创作的十幅《山水》册中,这种转变即初露端倪,笔墨渐呈简省自然之势,更具超脱尘俗的气质。只不过程嘉燧的画风无论怎样变幻不羁,基本上还是褪却不去倪、黄的风格底色,笔墨、境界之朴拙、淡静远多于雄奇、浑厚,所作恬淡枯静亦如其人品之淡泊超然。

除前文所提及的年龄、心境等方面的因素外,导致程嘉燧画风转变的原因还有如下几点。

首先,程嘉燧中年以后即皈依释门,精研禅理,兼与雪浪、等慈等得道高僧过从甚密,时受濡染,因此诗文、绘画作品中皆留下佛禅印记。佛学比起庄老之学在看待外在世界和追求内心解脱方面更具透悟性。如他在《与郑闲孟》中论及:"得其一言半偈,自求解脱,悬崖撒手,明了一大事,所谓朝闻夕死,正在于此。"话语中多有直接来源于佛教的词汇,足见所受影响之深。佛教之于绘画方面的渗透体现在技法风格上，务尽除其繁缛，一洗铅华，以质朴、淡静、拔出尘俗为追求。

其二，程嘉燧画风出入元四家之间，属于南宗一派。画界南、北之分是以“南禅”与“北禅”各自的修行体验为准绳，假以指代山水画中两种相反的创作倾向。南宗讲求“顿悟”，让画作者在“烟云供养”中品咂闲逸的审美趣味，技法表现上是随意自适，简笔勾勒。北宗则源于“渐积”，构图的过程也是画家费尽心神的思索阶段，带来的画面效果则是严谨方正，刻意求工。在中国山水绘画发展史上，南宗北宗论的提出直接触发了审美意识的时代转变。正如有的学者所言，元代所完成的审美意识从“神→逸”的转换，到了明代则从理论上加以总结，以便前进一步，这是很自然的。“南北宗”说即是这种转变的理论反应，这个时期的中国绘画，风流潇洒取代了精工富丽，平淡幽怨取代了雄伟壮阔，水墨渲淡取代了青绿金碧，随意挥洒取代了工致严整，抒写性灵、聊以自娱取代了直接为政治、宗教服务。佛学观念引申到艺术中，转而成为艺术境界，这是“南北宗说”内涵中最深远的一点①。

其三，结合程嘉燧当时的心境来考察，其暮年正值晚明政权忧患丛生、大厦将倾之际。程嘉燧虽年未三十即弃举子业，却通达世务，穷老忧国，谈起古今成败兴亡，则神气激昂，而此时面对中原板荡、沧桑变革的时局，报国无门，壮志难酬，兼有程嘉燧个人生活遭际的双重作用，也是客观上促成其画风转变的内在情感因素，家道中落，生活拮据，困于谋生，老而惨淡的尴尬处境侵袭着程嘉燧的内心，只能将一腔愤懑之慨倾注于笔端，化为萧瑟之象，诗歌与绘

① 潘公凯：《中国绘画美学传统略讲·限制与拓展——关于现代中国画的思考》，杭州：浙江人民美术出版社1997年版，第168~170页。

画都成为程嘉燧心灵深处的外化写照。

第三节　援诗入画:程嘉燧的题扇、题画诗

题画诗,即在画的空白处,由画家本人或他人题诗填白。所题诗歌或抒发情感,或论艺术见地,或咏叹画面的意境,这种题在画上的诗亦是绘画章法的有机部分。而题扇诗则是从题画诗中横逸出的一枝,文人墨客喜好于扇面上题写诗歌,或为扇面画题诗。

以图配诗的"诗意图"产生于公元147—167年的汉桓帝时代。唐张彦远根据孙畅之《述画记》与张华《博物志》等书记载,称蜀郡太守刘褒善画,"曾画《云台阁》,人见之觉热;又画《北风图》,人见之觉凉"[①],此图至唐代会昌元年(841)尚存于世。自汉刘褒之后,晋卫协与晋明帝司马绍等人都创作过《诗经》写意图,至南宋马和之,则是为《诗经》配图最多并有作品传世的画家。明代万历年间,黄凤池汇集唐人绝句,请名家缮写、绘画,刊成《唐诗画谱》,为诗人、书画家所喜爱,流布极广。以诗配画的"题画诗"约产生于公元640—664年间的唐太宗与唐高宗时代,《全唐诗》中最早一篇题画诗是上官仪的《咏画障》,陈子昂、宋之问、张九龄、王昌龄、高适、岑参、李白、杜甫、白居易、元稹等皆有题画之作。至元、明、清三代,题画风气盛行于世,几乎是每画必题,每题必诗,元代赵孟頫、倪云林、吴镇、王冕,明代王孟瑞、沈石田、文徵明、唐寅、董其昌、陈继儒、徐渭、陈老莲、程嘉燧,清代石涛、八大山人、王时敏、恽南田、郑板桥、金冬心、李复堂、李方膺等人,无不是诗画兼通的杰

① 李昉等编:《太平广记》卷210,北京:中华书局1961年版,第1605页。

出艺术家，创作了大量脍炙人口的题画诗。

大约从40岁起，程嘉燧开始大量创作题画题扇诗歌。程嘉燧的题扇诗多为应邀而作，如《泛舟席上题扇与伎》[1]：

清江白路怅悠悠，稠叠华筵恋远游。
夜集繁灯喧两岸，朝横双管醉中流。
仙人舟楫青油幕，豪客衣冠紫绮裘。
邀得红妆消别恨，曲终无奈翠眉愁。

其画风大都笔触细腻，情趣横生，有无限风情。程嘉燧的题画诗，主要包括对山水画、花鸟鱼虫画、人物像三大种类的题跋，其中不乏一些语词清新、深情缱绻，大有江南风情摇曳之态的篇什。试看《溪堂题画四首》[2]：

三月莺啼送落花，轻尘细雨浥平沙。
青楼少妇溪头住，肠断东风玉鼻騧。

新添白发返柴荆，橡实苓花不记名。
不是写生夸好手，要凭残墨画清明。

白发新生半老时，爱看经卷懒吟诗。

① 程嘉燧：《泛舟席上题扇与伎》，《松圆浪淘集》卷7，《续修四库全书·集部·别集类》第1385册，上海：上海古籍出版社1997年版，第638页。

② 程嘉燧：《溪堂题画四首》，《松圆浪淘集》卷7，《续修四库全书·集部·别集类》第1385册，上海：上海古籍出版社1997年版，第637页。

夜来醉后风情在，画得吴阊游冶儿。

月自当空水自流，人间何处是乡州。
心知去住浑闲事，也向风前一掉头。

又《题南山雨图》[①]：

君到南山雨未休，红妆痴坐隔溪楼。
凭将笔底千重思，不及眉间一段愁。

以诗题画，将画境与诗境融合渗透，建构成互为映衬的有机画面。绘画是一种空间艺术，只能通过撷取最直观的那一幕，用颜色与线条在空间里作静态的铺展，而题画诗具有叙事性、动态性的特性，可以对画面的缺陷进行填充，使一幅绘画作品突破手段的限制而臻于意蕴丰厚。程嘉燧的山水题画诗深谙此道，对时间、背景的交待，通过一系列动词、形容词的嵌入叙事，使得诗歌成为绘画内容的一种无限延伸。又如《画风雨夜泊沽酒图》[②]：

雨作江花荻作声，荒寒如梦旅魂清。
村酤未是消愁物，欲共残灯话到明。

---

① 程嘉燧：《题南山雨图》，《松圆浪淘集》卷7，《续修四库全书·集部·别集类》第1385册，上海：上海古籍出版社1997年版，第637页。

② 程嘉燧：《画风雨夜泊沽酒图》，《松圆浪淘集》卷11，《续修四库全书·集部·别集类》第1385册，上海：上海古籍出版社1997年版，第668页。

再如《题画》①：

夜雨千峰湖水浑，杨花萍叶两无根。
涌金城角渔灯里，白浪斜风送到门。
处处生香杜若洲，春江不动白云流。
掉头纱帽无拘束，不向僧窗便酒楼。

诗人慧心灵笔，将满腹愁思化为满纸的情韵烟霞。《画风雨夜泊沽酒图》先以一位魂断羁旅的诗人视角，勾画出一副孤寂荒寒的江边风雨图，又荡开一笔，以叙事的口吻讲述自己借浊酒浇愁，与友人残灯共语的情境，读来悠远萧散，别有一番滋味！《题画》先取景宏阔，夜雨、千峰、湖水的景致被摄入笔端，继而将镜头推近，拈出杨花、萍叶的细微意象，这是典型的绘画技法，"涌金城角渔灯里，白浪斜风送到门"，此二句频频切换镜头，使画面交错叠加，凄婉简古。

另如《昆山杂题画绝句十首》②：

不见林僧春复冬，梦经兰若向垆峰。
西窗一榻今闲否，来听霜天塔院钟。
爱将枯木写经行，策策风林欲作声。
一片断肠秋色里，白云黄叶本无情。
……

① 程嘉燧：《题画》，《松圆浪淘集》卷11，《续修四库全书·集部·别集类》第1385册，上海：上海古籍出版社1997年版，第666页。

② 程嘉燧：《昆山杂题画绝句十首》，《松圆浪淘集》卷9，《续修四库全书·集部·别集类》第1385册，上海：上海古籍出版社1997年版，第659页。

程嘉燧诗集中骨力坚苍、情致萧散之优秀篇章不胜枚举，山水题画诗成为程嘉燧题画诗中最为突出的一类。

程嘉燧以画山水著称，不过亦创作有不少花鸟鱼虫题画诗。较为出色的有《王翘草虫册》组诗，分别题在儵鱼、虾、蟹、蛙、螳、蝉、络纬、蝶等鱼虫画上：

个里看鱼乐，翛然濠上情。
空明如可鉴，来往不曾惊。（《儵鱼》）
一片江湖心，半生鱼虾侣。
还思见底清，投罾富春渚。（《虾》）
断苇寒潮里，菰蒋作稻粱。
吴江枫落夜，公子已无肠。（《蟹》）
时过鶗鴂鸣，雨来蛙蛤吠。
池塘春草深，何当作鼓吹。（《蛙》）
不随靡草化，还同苦菜生。
自无当辙怒，何事乱琴声。（《螳》）
秋云摇曳时，残声在高柳。
谁传冷风姿，知是承蜩手。（《蝉》）
竹间流黄机，明月与白露。
缫丝头绪多，经秋不成素。（《络纬》）
栩栩谁为周，漆园善齐物。
何知鹏鷃游，不受乌鸢吓。（《蝶》）[1]

---

① 程嘉燧：《王翘草虫册》，《松圆浪淘集》卷 13，《续修四库全书·集部·别集类》第 1385 册，上海：上海古籍出版社 1997 年版，第 683 页。

王翘，据《嘉定县志》记载，其“工诗，善图绘”，最擅长草虫，被时人评价为“八尺生纸作一幅，王翘最写草虫熟”①，年轻时“补郡诸生，以不能售其业，乃谢去之”。兼之不善交际，画名不显。程嘉燧借王翘的画作，将一己之幽情意绪倾注其中，通过小小什物寓隐隐之哀思，悲情弥涨，力透纸背。

另外，诗人还作有若干首人物题画诗，如《题闵青芝先辈画像歌》②：

金阊朱桥跨吴甸，千人万人尘扑面。
角巾儒服人瞪观，云是丹青画中见。
谁其氏者筋骨青，青芝山人仙鹤形。
飘髯数尺振风鬣，方瞳双炯含晨星。
海山松乔阅鄽肆，图史颜闵趋家庭。
一壶长悬或市药，洪钟待扣时谈经。
虽无兼珍继鼎养，已有神物嗣宁馨。
只今四十名未成，刺促车马尘中行。
妍媸贵贱久颠倒，人世爵禄牛毛轻。
如君青云之姿困徒步，往往龌龊猥琐徒隶跻公卿。

诗人才情如注，诗兴湍飞，发而为歌，运笔生风，先辈闵青芝仙风道骨的形象宛然立之纸上，百年之后仍令人钦慕其神采。诗人

① 徐学谟：《戏题王翘草虫卷》，《徐氏海隅集》卷5，《四库全书存目丛书·集部·别集类》第124册，济南：齐鲁书社1997年版，第587页。

② 程嘉燧：《题闵青芝先辈画像歌》，《松圆浪淘集》卷16，《续修四库全书·集部·别集类》第1385册，上海：上海古籍出版社1997年版，第706页。

哀叹闵青芝“只今四十名未成”，亦含有自嘲之意，不过诗人笔锋陡然一转，一针见血地指明人世间“妍媸贵贱久颠倒”，犀利而尖刻。

题扇题画诗这种形式使诗、书、画三者巧妙结合，相互映衬，增强了绘画作品的形式美感和诗歌语言的形象性，亦有力地升华了诗歌的内在意蕴。

第五章　程嘉燧的诗歌创作理论

程嘉燧以一介布衣的身份，被钱谦益尊为“松圆诗老”在先，钱氏在《题怀麓堂诗钞》中称：“孟阳论诗，在近代直是开辟手。”[①]“中年奉教孟阳诸老，始知改辕易向。”[②]又在《姚叔祥过明发堂共论近代词人戏作绝句十六首》中称“孟阳诗律是吾师”[③]，可谓推崇备至。

客观评价，明代的诗学观念多侧重疏通微旨、爬梳妙义的部分，而鲜有像程嘉燧一样立足于清正源流，意在打破复古派隔阂时期的壁垒，去理清文学思潮迭变规律的评判者。由此，程嘉燧的文学思想在明末算得上通融洒脱、不拘一格的代表，对明季诗坛宗师钱谦益等人的文学创作产生了极大影响，以致后来更有王士祯在《渔洋诗话》中对其诗歌成就给予的极高赞誉：“新安吴兆非熊、程嘉燧孟阳，皆以布衣称，诗有名万历、启、祯间。吴五言学谢朓、何

① 钱谦益：《题怀麓堂诗钞》，《牧斋初学集》卷83，上海：上海古籍出版社1985年版，第1758页。

② 钱谦益：《复遵王书》，《牧斋有学集》卷39，上海：上海古籍出版社1996年版，第1359页。

③ 钱谦益：《姚叔祥过明发堂共论近代词人戏作绝句十六首》，《牧斋初学集》卷17，上海：上海古籍出版社1985年版，第601页。

逊;程七言律最多名句,七言绝句尤佳。"①

从古及今,贫贱苦吟而籍籍无名者所在皆是,有诗才且必得声闻显赫者的大力推荐方能获得诗坛认可是当时的风习。在这一点上,程嘉燧是幸运的,钱谦益、王士祯两位是清初诗坛先后宗奉的两面旗帜性人物,在诗史上拥有异乎寻常的地位,从钱、王二位对程嘉燧异口同声的赞扬中可知,程嘉燧在创作才华和诗学主张上取得的成就,并非浪得虚名。

当然,程嘉燧对自己的创作观念并未形成明确、系统性的总结,而大多由其挚友及后学归纳得出,这其中又以钱谦益功劳最大,他不仅全盘吸收、接纳了程嘉燧的诗学主张,而且还进一步加以深化形成了完整的理论体系。如钱谦益所概括的:"孟阳之学诗也,以为学古人之诗,不当但学其诗,知古人之为人,而后其诗可得而学也。"②学其诗与知其人被放置在同样重要的地位,而程嘉燧的众多友人中,论熟识度,首推钱谦益。天启、崇祯年间,在钱谦益不遗余力地推介下,程嘉燧的诗学主张得以迅速传播,成为晚明诗坛上一股不容忽视的主流观点。

第一节　转益多师下的唐、宋兼宗

钱谦益回顾明代诗坛,描述道:"今之称诗者,掉鞅曲踊,号呼

① 王士祯:《渔洋诗话》,《文渊阁四库全书·集部·诗文评类》第1483册,台北:台湾商务印书馆1983年版,第854页。

② 钱谦益:《松圆诗老程嘉燧》,《列朝诗集小传》丁集下,上海:上海古籍出版社1983年版,第576页。

叫嚣，丹铅横飞，旗纛竿立，捞笼当世，诋谰古学，磨牙凿齿，莫敢忤视。譬诸狂易之人，中风疾走，眼见神鬼，口吞水火，有物冯之，懵不自知。”①

有明一代艺苑之熙攘纷扰极为热闹，明代众多诗人不仅热衷于诗歌创作，更有自觉的诗艺探讨。明代诗学理论，上承宋代，是中国古代诗学史的第二个高潮。《四库全书总目》著录明代诗话三十几种，《中国图书综录》著录约四十几种，今人蔡镇楚编撰《中国历代诗话书目》著录明诗话一百五十七部之多。明代诗人大都有着明确的诗学主张，茶陵派领袖李东阳著有《怀麓堂诗话》：“论诗主于法度音调，而极论剽窃摹拟之非，当时奉以为宗。至何李既出，始变其体。”②后七子谢榛著《诗家直说》二卷，“主于超悟”“又以练字为主”③。王世贞《艺苑卮言》则提出：“思即才之用，调即思之境，格即调之界。”④

相比于诗文风格的繁缛，诗学理论的扞格更易引起诗家的纷争；相对于诗文风格的迥异，诗人更注重诗学理论的区别。因为诗学理论标志着诗人安身立命的根基，这是与更深层次的“道”相关联的。因此，明代诗坛纷争往往不是停留在创作实践上的风格相异，而是趋向理论观点的门户之争。明人倡言复古的实质是革新，从诗人角度、诗歌角度、接受角度引发的争讼不休，于是出现了“各

① 钱谦益：《赠别胡静夫序》，《牧斋有学集》卷22，上海：上海古籍出版社1996年版，第898页。

② 李东阳：《怀麓堂诗话》，《文渊阁四库全书总目》第5册卷196，台北：台湾商务印书馆1983年版，第246页。

③ 谢榛：《诗家直说》，《文渊阁四库全书总目》第5册卷197，台北：台湾商务印书馆1983版，第266页。

④ 王世贞：《艺苑卮言》，转自何文焕、丁福保编《历代诗话统编》，北京：北京图书馆出版社2003年版，第340页。

立门庭，同时并角，其议如讼。拟古造新，入途非一；尊吴右楚，我法坚持。彼此纷嚣，莫辨谁是”的局面①。

明代诗坛，以宗唐为尚，而不主张学宋，甚至有“宋人不解诗，尤不解古诗，以其数典忘祖。子昂李杜之上，更不知汉魏六朝也”，“宋人谈诗，一代谵呓，固为可笑”②的偏激说法，甚至到晚明，“宋无诗”的论调依然时有出现。明初高棅在《唐诗品汇》中直言不讳地标榜“唐人以诗为诗，宋人以文为诗。唐诗主于达性情，故于《三百篇》为近；宋诗主议论，故于《三百篇》为远”③，即认为唐诗主导性情，才是诗学正宗。这一论调可视为明初诗歌创作上复古崇唐思潮的一个总结，就其影响而言，对“前、后七子”的复古论调的萌生都产生了直接的启发作用。

从程嘉燧文学思想的发展轨迹来看，程嘉燧的文学主张一直处于不断融合、修正的过程，并非是一以贯之。早期，在创作主张的倾向性上，程嘉燧未能免俗地选择了“宗唐”一路。他在《浪淘集自序》中自我评价道：“余弱冠好唐人诗，学之三十年。”钱谦益也曾对其创作经历有相似的评价：“其诗以唐人为宗，熟精李、杜二家，深悟剽贼比拟之谬。”④王士祯评价：“（孟阳诗）学刘文房（刘长卿）、韩君平（韩翃）”。甚至在“前、后七子”的观念盛极一时之际，程嘉燧也是众多的簇拥者之一。王世贞作为“后七子”的领袖人

---

① 范景文：《葛震甫诗序》，《范文忠公文集》卷6，北京：中华书局1985年版。

② 吴文治主编：《冯复京诗话》，《明诗话全编》，南京：江苏古籍出版社1997年版，第7269～7270页。

③ 高棅：《历代名公叙论》，《唐诗品汇》，北京：中华书局2015年版，第16页。

④ 钱谦益：《松圆诗老程嘉燧》，《列朝诗集小传》丁集下，上海：上海古籍出版社1983年版，第577页。

物，与程嘉燧略有私交，后者曾专程渡江拜会王世贞，并为其父程衍寿请乞墓志铭。程嘉燧在诗学观念上难免受其影响。钱谦益在《列朝诗集小传》中曾刻意回避此点，但后来者如钱钟书就曾直言不讳地挑明："牧斋谈艺，舞文曲笔，每不足信。渠生平痛诋七子、竟陵，而于其友好程孟阳之早作规摹七子，萧伯玉之始终濡染竟陵，则为亲者讳，掩饰不道只字。"①在创作初期，从他专心规摹的对象李白、杜甫、刘长卿、韩翃等这些唐代最具代表性的诗作者来看，其时唐诗的创作主张对程嘉燧的影响颇大。

中年后，程嘉燧的诗学观念开始改弦更张，正如他自己概括的那般："学之三十年，辄缘手散去，友人或劝之存其本，余弗遑也。"②经过不断地思考实践，他意识到，若只是单纯地局限在对唐诗的规摹中，无疑会禁锢住自己的文学视野，导致创作上的褊狭，所以必须跳出唐诗的窠臼，转益多师。友人唐时升的适时点拨，"一日从旁笑谓余曰：'吾忧若诗牢锢，子藏识奈何？余为矍然'"。③ 更使他内心的纠结瞬间豁然开朗，坚定了自我革新的决心。首先就表现在其对"七子"态度的逆转上，由之前的拥护而一变为针锋相对的批评和背弃。

这种批判之举，不仅仅是程嘉燧个人观点的宣扬，更是包括其在内的唐宋派等力图革新之辈的集体行为。文坛上"宗宋派"的重镇之一便是江南嘉定，此地是唐宋派领袖归有光的故里，万历年间，归有光之子归子慕在嘉定秉承家学。同时，嘉定名士，包括李

① 钱钟书：《谈艺录》，北京：中华书局1984年版，第386～387页。

② 程嘉燧：《浪淘集序》，《松圆偈庵集》卷上，《续修四库全书·集部·别集类》第1385册，上海：上海古籍出版社1997年版，第740页。

③ 同②。

流芳、程嘉燧、娄坚、唐时升等人在内皆传承了归有光的文学主张，将“唐宋之说”发扬光大。这群文士有很多共同点：“摆脱荣利，强学好古，能诗善画，都尊崇唐宋八大家之文，独立于七子复古潮流之外。在古文创作上，他们熟读苏轼的文集；在书法绘画上，他们出入于宋元之间。”①在诗学思想上，他们采取唐宋兼宗的策略。在各方合力作用下，及至万历中后期，“七子”的影响渐渐衰歇，“公安派”“竟陵派”开始引领诗坛风气，成为当时诸多文学思想流派里的中流砥柱。他们倡导的“独抒性灵”“师心”的新兴主张，横扫诗坛，一洗之前“文必秦汉，诗必盛唐”复古论调的统摄，正如钱谦益所言：

万历中年，王、李之学盛行，黄茅白苇，弥望皆是。……中郎（袁宏道）以通明之资，学禅于李龙湖，读书论诗，横说竖说，心眼明而胆力放，于是乃昌言击排，大放厥辞。以为唐自有诗，不必选体也。初、盛、中、晚皆有诗，不必初、盛也。欧、苏、陈、黄各有诗，不必唐也。……中郎之论出，王、李之云雾一扫，天下之文人才士始知疏瀹心灵，搜剔慧性，以荡涤摹拟涂泽之病，其功伟矣。②

天启、崇祯年间，在程嘉燧、钱谦益的直接推动下，诗坛中开始出现以陆游为师法对象，学宋之风渐渐抬头的倾向，并最终掀起了一场全面的革新。清代贺裳在《载酒园诗话》中提及：“天启、崇祯

---

① 丁功谊：《论晚明宋诗风的兴起》，《江西社会科学》2005年第2期。

② 钱谦益：《袁稽勋宏道》，《列朝诗集小传》丁集中，上海：上海古籍出版社1983年版，第567页。

中，忽崇尚宋诗，迄今未已。究未知宋人三百年间本末也，仅见陆务观一人耳。”[①]此论断虽有以偏概全的嫌疑，却从一个侧面反映出晚明诗坛宗宋和推崇陆游诗歌的程度之深。后人考究陆游诗在宋代的流行，一直认为是出于钱谦益的力倡，“自明人摹拟唐调，三变而至常熟，乃极称苏、陆以新天下耳目”[②]，但源头实际肇始自程嘉燧，钱谦益是在程嘉燧的影响下而生发出对陆游诗的兴趣，并利用自己的号召力，开启了整个明末清初诗坛学陆诗的风习。

王士祯敏锐地注意到这一细节，他在《渔洋诗话》中特意点明道：“明末七言律诗有两派：一为陈大樽，一为程松圆。大樽远宗李东川、王右丞，近学大复；松圆学刘文房、韩君平，又时时染指陆务观。此其大略也。”[③]但他的概括并不全面，除了陆游之外，天启初开始，程嘉燧对金代诗人元好问亦产生了浓厚的兴趣。钱谦益道出了程嘉燧晚年的诗学转向：“晚年学益进，识益高，尽览中州、遗山、道园及国朝青丘、海叟、西涯之诗。”[④]程嘉燧不仅通览元好问的诗歌，揣摩诗法，还抄录元好问的诗集向友人推荐，“元遗山编《中州集》十卷，孟阳手抄其尤隽者若干篇，因为抉擿其篇章句法，指陈其所由来，以示同志者”。[⑤] 钱谦益在《姚叔祥过明发堂共论

---

① 郭绍虞编选，富寿荪校点：《清诗话续编》，上海：上海古籍出版社1983年版，第423页。

② 费锡璜：《百尺梧桐阁遗稿序》，《百尺梧桐阁集》，上海：上海古籍出版社1980年版。

③ 王士祯：《渔洋诗话》卷下，《文渊阁四库全书·集部》第1483册，台北：台湾商务印书馆1983年版，第877页。

④ 钱谦益：《松圆诗老程嘉燧》，《列朝诗集小传》丁集下，上海：上海古籍出版社1983年版，第577页。

⑤ 钱谦益：《题中州集钞》，《牧斋初学集》卷83，上海：上海古籍出版社1985年版，第1757页。

近代词人戏作绝句十六首》中云:“姚叟论文更不疑,孟阳诗律是吾师。溪南诗老今程老,莫怪低头元裕之。”①程嘉燧推崇金人元好问的诗作,这在当时是一种另辟蹊径的举动,毕竟同时代人尚在“宗唐”与“宗宋”之间摇摆不定,更别提素来乏人问津的金代诗歌,让人不得不钦佩程嘉燧于诗学观念上的眼界开阔。

程嘉燧对诸子百家之书也有很深的浸润,唐时升在《程孟阳诗序》中云:“余与孟阳少同志尚,恶俗儒之陈言,而好泛滥百家之书,然未尝有意为诗也。”②娄坚更是赞誉程氏之取法:“孟阳少喜为诗,于古人之遗编无所不窥,而尤爱少陵之作,其在于今,尝称李献吉虽规规摹拟,而才气实非余人所及也。甫冠,即弃去经生之学,而一意读古诗文,久之豁然。上自汉魏、下逮北宋诸作者,靡不穷其所诣。至苏长公,往往或学其体,或次其韵。”③

通观程嘉燧整个创作过程,他并不局限于某一个风格和朝代、流派,而善于融会贯通,在师承上能转益多师,兼采众家之长。更重要的是,他的这一创作主张也直接影响了钱谦益,使后者也成为程嘉燧理论主张的坚定支持者和实践者。凭借钱谦益日益隆起的声望,“海内宗虞山教言”,其主张无疑将直接引领诗坛的风尚所向,开启了晚明诗坛宗宋诗风的序幕。

在扭转从抵宋到宗宋这一艰难的诗风转换的过程中,程嘉燧扮演了重要的先驱者角色。

---

① 钱谦益:《姚叔祥过明发堂共论近代词人戏作绝句十六首》,《牧斋初学集》卷17,上海:上海古籍出版社1985年版,第601页。

② 唐时升:《程孟阳诗序》,《松圆浪淘集》卷首,《续修四库全书·集部·别集类》第1385册,上海:上海古籍出版社1997年版,第589页。

③ 娄坚:《书孟阳所刻诗后》,《松圆浪淘集》卷首,《续修四库全书·集部·别集类》第1385册,上海:上海古籍出版社1997年版,第587页。

第二节　性、格兼重的创作追求

明清诗论家因各自诗学理念及审美倾向的差异，所以在对程嘉燧诗歌的评议上可谓争讼纷纭。总体看来，大多数批评家对程嘉燧诗文创作水平及成就抱以褒扬激赏的态度，对其持否定论调者寥寥无几，而朱彝尊恰是这为数不多者的代表，他在《静志居诗话》中措辞严厉地批驳道：

> 孟阳格调卑卑，才庸气弱。近体多于古风，七律多于五律，如此伎俩，令三家村夫子，诵百翻兔园册，即优为之，奚必读书破万卷乎？蒙叟深惩何李、王李流派，乃于明三百年中，特尊之为诗老。六朝人语云："欲持荷作柱，荷弱不胜梁。欲持荷作镜，荷暗本无光。"得无类是与？①

在朱彝尊看来，程氏的吟弄诗文不过是雕虫小技，实难担当"诗老"的盛誉，如令乡野村夫捧读"兔园册"一般，亦能达到同样的效果，程嘉燧的诗自然不能仅凭钱、王等人的评判而以"一代宗主"作定论。客观评价，诗人本身也无意争夺诗坛高席。程氏的诗集中，社交拜谒之作不少，且难免奉承气息，但不能以偏概全，朱氏所谓"格调卑卑，才庸气弱"的评价也有失公正。

朱、钱二人都是明末清初诗坛的领军人物，皆占据举足轻重的地位。在对程嘉燧诗歌优劣性的问题上两人的针锋相对，似乎已

---

① 朱彝尊：《静志居诗话》，北京：人民文学出版社 1998 年版，第 544 ~ 545 页。

成为当时诗坛的一桩“公案”。继王士祯之后的诗坛盟主沈德潜对这桩“公案”也给予了关注,并提出了相对客观公正的看法:

> 孟阳诗亦娟秀少尘。自钱牧斋訾謷李、何、王、李诸人,推孟阳为一代宗主,几与高季迪、李宾之前后相埒矣。而阳羡邵子湘有心矫枉,摘其累句云:“争倚画桡冲妓席,独横朱袖占歌筵”“亦知终去婚和嫁,且恋闲来弟劝兄”“近逐歌喉须闯席,闲开笑靥待歌船”“闲偎串迹圆留面,戏剧鞋痕曲印肩”“年去贫来不自由,暗伤颜面向交游”等句,谓其秽亵俚俗,几于身无完肤矣。予录其气清格整去风雅未远者四章,见孟阳自有真诗,勿因牧斋之过许,而毛举其疵以掩之也。①

沈德潜特别提出程嘉燧诗作中所谓“气清格整”的特质,其中的“格”即为格调。沈德潜以有无格调与否,作为评判诗歌优劣的重要标准,并进而得出“孟阳自有真诗”的最终定论。

格调,是我国古代诗学体系中重要的理论范畴,即指体格声调,最早的解释包括思想内容和声律形式两方面。《文镜秘府论·论文意》:“凡作诗之体,意是格,声是律,意高则格高,声辨则律清,格律全,然后始有调。②”在唐代以后的诗歌理论中,常常谈及诗的“格”“调”。如唐代皎然《诗式》提到“格高”“体贞”“调逸”“声谐”;宋代姜夔《白石道人诗说》提到“意格欲高”“句调欲清、

---

① 沈德潜:《明诗别裁集》卷10,上海:上海古籍出版社1979年版,第260页。

② 遍照金刚撰,卢盛江校笺:《文镜称府论校笺》,北京:中华书局2019年版,第383页。

欲古、欲和”；严羽《沧浪诗话》认为“诗之法有五：曰体制，曰格力，曰气象，曰兴趣，曰音节”[①]；明代李东阳《怀麓堂诗话》认为“诗必有具眼，亦必有具耳。眼主格，耳主声”[②]。而明代前后七子的思想核心就是对格调的追求。

在明末文坛追求“性灵”的风气下，程嘉燧仍独自奉守“格调”之论。《列朝诗集小传》中有论述可见出程嘉燧对“格调”的讲究：

> 程孟阳曰：“静居五言古诗，学杜、学韦，各有神理，非苟然者。乐府歌行，材力驰骋，音节谐畅，不袭宋、元格调。眉庵乐府，尚多套数语，不若静居才力深浑，有自得处。七言律诗，清圆浑脱，不事绸缋，全是唐音，颉颃高、杨，未知前后。或谓杨不如高，又谓张、徐不及高、杨，皆耳食之论也。”[③]

上文中，程嘉燧明确提及了“格调”的概念，并以此作为品评诗歌的重要标准。

同样，在自己的创作活动中，程嘉燧也是格调要求的严格执行者。唐时升就曾评价其诗作：“哀乐所发，长句短章，必合于法度。”[④]在“调”上，程嘉燧自身就精通声律。《列朝诗集小传》中记载他“谙晓音律，分刌合度，老师歌叟，一曲动人，灯残月落，必传其

---

① 郭绍虞主编：《沧浪诗话校释》，北京：人民文学出版社1998年版，第7页。

② 李东阳著，李庆立校释：《怀麓堂诗话校释》，北京：人民文学出版社2009年版，第24页。

③ 钱谦益：《张司丞羽》，《列朝诗集小传》甲集，上海：上海古籍出版社1983年版，第76页。

④ 唐时升：《程孟阳诗序》，《松圆浪淘集》卷首，《续修四库全书·集部·别集类》第1385册，上海：上海古籍出版社1997年版，第589页。

点拍而后已”。并且,其熟谙不同地区的用韵情况,敢于叶(xié)音,他的音韵学造诣在一定程度上可以说超过了明代曲坛上著名的音律大师沈璟,钱谦益的弟子冯班如是说:

> 音韵真自难知。如南北曲子,北词用韵极切,南多借音。吴江沈璟作《南词韵选》,严于取韵,今人宗之。不知北人声切,开口便见字韵,不得不严。南人声浮,一字或数转,故韵可借,沈君全不解也。惟见程孟阳颇知此意耳。①

此外,程嘉燧学古人,特立独行,取法“性情”。所谓“性情”,亦称“情性”,特指人的感性世界。按照毛奇龄在《张禹臣诗集序》中的释义,即:

> 诗有性情……当为诗时,必有缘感焉投乎其间,而中无意绪即不能发,则于是兴会生焉;乃兴会所至,抽思接虑,多所经画,夫然后咏叹而出之。当其时,讽之而悠然,念诵之而翕翕然。凡此者,皆性情也。②

程嘉燧持有的性情观,看似与他同时期的竟陵派诗学主张近似,可细究起来差别甚大。竟陵派诗人追求“幽深奇僻,孤行单绪”的审美情趣,看重内在学养思力的渐次累积,然后发而为诗,诗风凄声寒魄,以噍音促节为能,幽寒孤峭,冥语清吟。程嘉燧则主

① 冯班:《正俗》,《钝吟杂录》卷3,南京:凤凰出版社2017年版,第45页。

② 毛奇龄:《张禹臣诗集序》,转自王运熙、顾易生主编《清代文论选》上,北京:人民文学出版社1999年版,第215页。

张直抒胸臆，任情宣泄，看重外在人生际遇的触动感怀，言所欲言而绝无矫情造作之势。正如《程孟阳诗序》中有云①：

孟阳之诗，皆言其所欲言，自少至于白首，欢愉惨悴寥泬不平之思，读其诗可尽见也……孟阳之才力，其雄豪跌宕，沉郁顿挫，足以追配作者。而哀乐所发，长句短章，必合于法度。

钱谦益在《列朝诗集小传》中也因为对性情的重视而格外推崇程嘉燧：

其志洁，其行芳，温柔而敦厚，色不淫而怨不乱，此古人之人，而古人之所以为诗也。知古人之所以为诗，然后取古人之清词丽句，涵泳吟讽，深思而自得之。久之于意言音节之间，往往若与其人遇者，而后可以言诗。盖孟阳之诗成，而其为人已邈然追古人于千载之上矣。其为诗主于陶冶性情，耗磨块垒，每遇知己，口吟手挥，纚纚不少休。若应酬牵率骫骳说众之作，则薄而不为。②

可见，程嘉燧主张要学古人之性情，追求一种坎壈咏怀，任情宣泄。即唐时升在《程孟阳诗序》中所指，皆是直抒胸臆，不得已而发，有历经沧桑坎坷之思。正如他在《咏雁字二十四首》诗序中

① 唐时升：《程孟阳诗序》，《松园浪淘集》卷首，《续修四库全书·集部·别类集》第1385册，上海：上海古籍出版社1997年版，第589页。

② 钱谦益：《松圆诗老程嘉燧》，《列朝诗集小传》丁集下，上海：上海古籍出版社1983年版，第576页。

所总结的那样，对诗歌创作中性情要素的存在意义给予了充分肯定：

> 客从秣陵来者，云楚中诸才士近为雁字诗，吴中亦有继作者，俱未之见也。仲秋乃见郡人林若抚所赋十首，讽咏久之，清婉流丽，姿态横生，飘飘有凌云之思，然亦未尝有意为之也。已而木落天空，踌躇陇首，日睹来宾之侣迟速应节，疏密成文，有感于中，遂成二十四首。如春蚕吐丝，必穷其绪；时鸟弄音，屡变其声。非有意缠绵，苟为啁哳，盖中心养养不能自止焉耳。①

咏物诗是诗坛的大宗，但容易流于奇技淫巧的文字游戏。这一段小注，正是用以表明唐、程等人对诗主性情一说的重视。在他们看来，吟咏性情才堪当诗的主要功能，而非其他。只有以“非有意缠绵，苟为啁哳，盖中心养养不能自止焉耳”为创作追求，才能收获灵心独运、妙句自来的文学效果。

总而言之，程嘉燧对诗歌格调与性情的兼顾贯穿其整个创作过程，“体现了他对于复古派诗论观点的继承以及试图以情感因素调和其中不合理之处的努力”。② 这种审美追求，是超乎宗唐、宗宋的诗风选择之上的，对诗歌本体的重视和探讨，对明末清初的诗坛而言，他的主张是富有启发和创新性的。

---

① 唐时升：《咏雁字二十四首》，《三易集》卷5，《四库禁毁书丛刊·集部》第178册，北京：北京出版社1997年版，第81页。

② 王馨鑫：《程嘉燧诗学思想研究》，首都师范大学2011年硕士学位论文。

第三节　精神独具而自成一家

程嘉燧的知交，同属“嘉定四先生”之列的唐、娄、李三位先生对程嘉燧的诗文创作水准早有诸多品评。唐时升在《程孟阳诗序》中评价道：

> 孟阳之诗，皆言其所欲言，自少至于白首，欢愉惨悴寥泬不平之思，读其诗可尽见也。余以是愧之。然造次之间，杼轴于中，必矩矱于古人，则相与共之。
>
> 夫意之所不能已者，洋溢而为文；文之所不能宣者，咏叹而为诗。诗之工拙，才则为之，而抑扬开阖，纡徐烦数，有自然之节，如金石相和，丝竹迭奏，必适于节而后可以成乐……孟阳之才力，其雄豪跌宕、沈郁顿挫，足以追配作者。而哀乐所发，长句短章，必合于法度，此其涵泳古人而得之者深也。[①]

娄坚在《书孟阳所刻诗后》中称：

> （孟阳）一意读古诗文，久之豁然，上自汉魏，下逮北宋诸作者，靡不穷其所诣。至苏长公，往往或学其体，或次其韵，若将与之并骛者，比壮且衰。其为七言近体，以清切深稳为主，

① 唐时升：《程孟阳诗序》，《松圆浪淘集》卷首，《续修四库全书·集部·别集类》第1385册，上海：上海古籍出版社1997年版，第589页。

盖得之刘随州为多。①

唐、娄论诗恒以识真率性为要义："苟真也则无古无今，有正有奇，道一而已矣。"这一点也是程嘉燧所极为推崇的，他一贯主张诗歌要"陶冶性情，耗磨块垒"，于困顿遭际中率然而发真性情，诗中所言者皆其所欲言。兼其三人同为震川门人，彼此熟知，所以对程嘉燧的诗论持赞同态度也是情理之中。

晚明诸多诗人中，钱氏最为激赏的就是程嘉燧，他曾由衷钦佩地说道：

孟阳之学诗也，以为学古人之诗，不当但学其诗，知古人之为人，而后其诗可得而学也……其诗以唐人为宗，熟精李、杜二家，深悟剽贼比拟之谬。七言今体，约而之随州，七言古诗，放而之眉山，此其大略也。晚年学益进，识益高，尽览中州、遗山、道园及国朝青丘、海叟、西涯之诗，老眼无花，照见古人心髓。于汗青漫漶丹粉凋残之后，为之抉擿其所繇来，发明其所以合辙古人，而迥别于近代之俗学者。于是乎王、李之云雾尽扫，后生之心眼一开，其功于斯道甚大，而世或未之知也……谥之曰"松圆诗老"。②

此外在《复遵王书》中，即便他已是位尊望隆，也依然直接坦

---

① 娄坚：《书孟阳所刻诗后》，《松圆浪淘集》卷首，《续修四库全书·集部·别集类》第1385册，上海：上海古籍出版社1997年版，第587页。

② 钱谦益：《松圆诗老程嘉燧》，《列朝诗集小传》丁集下，上海：上海古籍出版社1983年版，第576～578页。

诚地表达出自己对程嘉燧的赞赏：

> 仆少壮失学，熟烂空同、弇山之书，中年奉教孟阳诸老，始知改辕易向……余之津涉，实与之相上下。①

他还刻意言明："予之论孟阳，非阿私所好也。"姑且不谈钱氏的评价是否带有乡曲阿私之嫌，单就诗歌本身而言，依照钱氏饮誉文坛的声名，天下随之俯仰者尽是，钱谦益为何要竭力颂赞一介布衣寒士呢？究其原因，一是钱谦益与程嘉燧相识的年份，正是竟陵派主盟骚坛，风光无两之时。与历史上任意一类流派风格的际遇相近，竟陵派诗风也是功过参半的，反对竟陵派诗风的文士本就不少见，其中以钱谦益为代表。

钱氏力掊竟陵的原因很复杂，庚戌科场案就状元归属问题而引发的一系列余绪是一端，属个人恩怨范畴；再者，钱氏一度欲在文坛施展拳脚，借掊击竟陵为"诗妖"之机，力图恢复文坛雅正取向的用意，是深层原因，也是最为重要的一个原因。钱氏称赏程嘉燧一方面出于对其文学才华的折服，另一方面在竟陵派风靡文坛的时候，钱氏需要以一种全新的文学主张来超越并试图取代之，而程嘉燧丰富的诗学理论主张正是他急需借为己用的。

其二，正如清代王彦奎在《柳南随笔》中对钱谦益推崇程嘉燧作出的解释：它是特定历史背景下钱谦益一种特定心态的隐曲表现。王氏书中言："（钱宗伯）于古人诗极推元裕之，于今人诗极推程孟阳，皆未免过当。余尝与家次山兄（峻）言及之，次山云：'推

① 钱谦益：《复遵王书》，《牧斋有学集》卷39，上海：上海古籍出版社2003年版，第1359页。

裕之者，盖因宗伯既入本朝，亦如裕之以金国巨儒，而受知于元世祖也。（宗伯）晚年既坠，殆欲借野史亭以自文耳！若于孟阳，乃其师承所自，推之虽过，亦见不忘原本。'"①

屡屡与钱谦益针锋相对的晚明女批评家汪端，在对程嘉燧的评价上却罕见地与钱氏一致，她认为钱谦益选录明诗的过程，虽是伐异党同，纰缪百出，但惟就推重程嘉燧一事，并非过誉，旁人无可厚非。她自认程嘉燧近体诗风秀逸清亮，不失为名家。而朱彝尊谓孟阳诗歌"格调卑卑、才庸气弱"，更有邵子湘摘程嘉燧诗文中之累句，谓为秽亵俚俗，皆是不公正的评判。探究原因全是因受到钱谦益毁誉失实、大节有亏的连累，时人转而迁怒程嘉燧，为泄一时之愤，后人切不可依此为信而对程嘉燧妄下断言。

陈田《明诗纪事》对程氏诗的评价只寥寥数语，却要言不烦："孟阳诗清丽温婉，诵之令人意消，在万、天间可自成一家。"②清人陈田于明代诸诗家中，对公安、竟陵"时调"虽在总体上持否定态度，但较之其他批评严厉、观点尖锐的诗学家而言，陈田对此二派的评价显然略接近客观。竟陵派诗风透出一股"孤行静寂"的幽情，而且偏执地沉浸其中无法自拔，这正是该派文风不受陈田青睐的症结所在，程嘉燧与竟陵派领军人物钟惺、谭元春等人同处一世，在如何摹写古人性情上的观点近似，但对于抒写怎样的性情，双方的主张相差甚远甚至截然相反，因此也就不难解释陈田厚此薄彼的原因所在了。

有清一代被政权认定为诗坛"开国宗臣"的王士祯在《带经堂诗话·蚕尾续文》中有云："（孟阳）七言绝句，出入于梦得、牧之、

---

① 王彦奎：《柳南随笔》卷 4，北京：中华书局 1983 年版，第 83 页。

② 陈田：《明诗纪事》，上海：上海古籍出版社 1993 年版，第 2284 页。

义山之间，不名一家，时诣妙境，歌行刻画东坡，如桓元子，似刘越石，无所不憾……程以七言擅长。”①

同样在《渔洋诗话》中也载有相近似的评价：

> 明末七言律诗有两派，一为陈大樽，一为程松圆。大樽远宗李东川、王右丞，近学大复；松圆学刘文房、韩君平，又时时染指陆务观，此其大略也……松圆警句如：“瓜步江空微有树，秣陵天远不宜秋。梅残烛烬西窗雨，雪冱香浓小阁云。”……皆不愧古作者。②

程嘉燧诗作以七律最为令人称道，王士祯摘录程氏大量的诗句以坐实此论，程嘉燧诗以唐人为宗，兼习两宋，风格清切深远。王士祯虽因博古通今的气度而主盟文坛，但实则王氏一生都未曾跳脱出“大音希声”的唐韵，在诗歌宗尚及对才调风格的认同感上，程嘉燧与王士祯的观点趋同，所以王士祯会推崇程氏。另一层的原因是，权威的大力提携是一个诗人得以成就其名声的不可缺失的条件，这在当时的社会中已是不成文的潜规则。王士祯跻登诗坛最终获致一代宗师之誉，与其曾经借助钱谦益之名望而提振自己的声誉关系匪细，王士祯曾以诗贽业称弟子于钱氏。他在《古夫于亭杂录》卷三回忆道：

> 予初以诗贽于虞山钱先生，时年二十有八，其诗皆丙申后

① 王士祯：《带经堂诗话》卷6，北京：人民文学出版社1998年版，第157页。

② 王士祯：《渔洋诗话》，《文渊阁四库全书·集部·诗文评类》第1483册，台北：台湾商务印书馆1983年版，第877～878页。

少作也。先生一见,欣然为序之,又赠长句。……今将五十年,回思往事,真平生第一知己也。①

王士祯对钱氏的提携奖掖是心存感激的,而当时人皆闻程、钱二人为至交,王士祯虽与程嘉燧无任何交集(程嘉燧崇祯十六年辞世时,王士祯年仅九岁),但从王士祯对程嘉燧的推重,冠之以晚明七言律诗发展的两条脉络引导者的态度中可见,其中不乏逢迎钱谦益的情结。

近代学者批评家论及程嘉燧的人屈指可数,原因归于程嘉燧为一介贫寒布衣,淹没于史事,为后世所不传,因此近代学术界对程嘉燧的研究多有忽略。钱钟书先生在《谈艺录》中对程嘉燧有一带而过的评价:"伯敬(钟惺)之诗,去程(程嘉燧)李(李流芳)甚远,而以其诗境诗心成画,品乃高出二子。"②晚明诗作者中能得钱先生青睐者寥若晨星,从此段论语中可以推断:在钱先生看来,单就创作水平而言,程、李辈的诗艺是出于钟、谭二位竟陵领袖之上的。

总之,程嘉燧诗歌清切深稳,约放自如,诗集中以淡朴温润篇什居多,沉郁顿挫之唱亦不少。其人落落高古、清高特立,自有一段精神。正如清末李慈铭所描述的那般:"程嘉燧平生精研诗画,得于山川者深,所作皆风致独具也,自可推为一代名家!"

---

① 王士祯:《古夫于亭杂录》卷3,《文渊阁四库全书·子部·杂家类》第870册,台北:台湾商务印书馆1983年版,第625页。

② 钱钟书:《谈艺录》,北京:中华书局1984年,第106页。

附录一　程嘉燧年谱简编

明嘉靖四十四年乙丑(1564)　1 岁

九月二十四日，程嘉燧生。(《松圆偈庵集》卷下《祭李茂材》)

明隆庆元年丁卯(1567)　3 岁

友娄坚生，字子柔，嘉定人。师从归有光，与程嘉燧、李流芳、唐时升三人并称“嘉定四先生”。

明隆庆二年戊辰(1568)　4 岁

妹程淑光生。

明万历九年辛巳(1581)　17 岁

侍父程衍寿于杭州西湖。(《耦耕堂集》文卷下《题归舟漫兴册》)

明万历十年壬午(1582)　18 岁

友钱谦益生于苏州府常熟县，与程嘉燧为莫逆之交。(《钱牧斋年谱》)

明万历十一年癸未(1583)　19岁

读书山寺中。

明万历十二年甲申(1584)　20岁

与弟嘉燃一同受教于龚行之。

冬,与李名芳、娄坚赴宜兴应试。(《松圆偈庵集》卷下《祭李茂材》)

明万历十四年丙戌(1586)　22岁

春,父程衍寿问医于京口,程嘉燧侍疾于金山寺。(《松圆浪淘集总目》卷二《感怀》)

明万历十六年戊子(1588)　24岁

过江探视闵氏妹。(《松圆浪淘集总目》卷一小注)

父程衍寿卒,享年五十九岁。(《新安程君墓志铭》)

送友娄坚赴京应试。(《松圆浪淘集》卷一《送娄兄子柔赴京兆试三十二韵》)

明万历十七年己丑(1589)　25岁

经唐时升引荐,往南京拜谒王世贞,并为父乞铭,后归歙。(《松圆浪淘集总目》卷一小注)

明万历十八年庚寅(1590)　26岁

作文贺殷都正月初二寿辰。(《松圆浪淘集》卷六《寿殷丈无美先生七十》)

三月,与张公路、唐时升、孙履和同游支硎化山。(《松圆浪淘

集》卷五）

八月中旬，唐时升赴浙江，程嘉燧为之送行。（《三易集》卷十一《前游西湖记》）

明万历十九年辛卯（1591）　27岁

二月，随表叔李先芳还乡扫墓，登白岳（在今安徽休宁县境内），观桃花涧、天门虎崖，夜宿榔梅庵，并作文以记。（《松圆浪淘集总目》）

同月，抵杭州，游西湖。（《松圆偈庵集》卷上《余杭至临安山水记》）

李名芳京兆应试返回，与程嘉燧中途相遇，同游金、焦二山。（《松圆偈庵集》卷下《祭李茂材》）

明万历二十年壬辰（1592）　28岁

春，与丘子成、张茂仁登虞山，观七桧。（《松圆浪淘集总目》）

送弟至瓜州。（《松圆浪淘集总目》）

冬，唐时升与王辰玉北上，程嘉燧为之送行。（《松圆浪淘集总目》）

明万历二十一年癸巳（1593）　29岁

秋，由杭州返歙，治办墓地。（《松圆浪淘集总目》）

五月二十一日，李名芳卒于京师，九月归葬嘉定。程嘉燧因事留歙，作文以祭。（《松圆偈庵集》卷下《祭李茂材》）

明万历二十二年甲午（1594）　30岁

二月，由歙返吴中，友人为其饯行。（《松圆浪淘集总目》）

三月，返嘉定，祭奠李名芳。（《松圆偈庵集》卷下《祭李茂材》）

冬，返歙葬亲。（《松圆浪淘集总目》）

除夕，泊舟富阳城下，与弟防仲、儿士颛同登角楼。（《耦耕堂集》文卷上《题归舟漫兴册》）

明万历二十三年乙未（1595） 31 岁

正月，葬亲毕，返嘉定。（《松圆浪淘集总目》）

秋，与孙履和同游河南。（《松圆浪淘集》卷四《宋中怀古》）

冬，由中原返嘉定。（《松圆浪淘集》卷四《元日和殷丈韵奉答》）

明万历二十四年丙申（1596） 32 岁

闲居家中，与丘子成、张茂仁、唐时升、娄坚等人终日赏游。（《松圆浪淘集总目》）

明万历二十五年丁酉（1597） 33 岁

元日，作《丁酉元日舟中》一首。（《松圆浪淘集》卷四）

欲买田嘉定城南，未果。（《松圆浪淘集》卷五《买田宅未成戏为俚体》）

绘《寒林扇图》一幅，赠方奉直，并作文附之。（《松圆浪淘集》卷七《走笔题伯雨兄藏寒林扇图》）

明万历二十六年戊戌（1598） 34 岁

春，娄坚父七十寿辰，作文以贺。（《松圆偈庵集》卷上《娄翁望洋先生寿序》）

春，同友人赴吴氏园赏梅。（《松圆浪淘集》卷五《从殷司马吴氏园看梅》）

秋，送友人张彦赴苏州。（《松圆浪淘集》卷五《送张伯美吴门学绘事三首》）

明万历二十七年己亥(1599)　35岁

元日，作诗一首。（《松圆浪淘集》卷五《己亥元日雨中春望》）

春，赴徐兆稷宅中赏梅。（《松圆浪淘集》卷五《徐孺谷宅雪中东阁看梅》）

四月，游苏州。（《松圆浪淘集》卷五《过虎丘寻君实尔常夜归忆前月同伯美于此送客》）

五月，赴南京拜访闵少峰。（《松圆偈庵集》卷上《闵翁少峰八十序》）

夏，寻访通润师不遇，留松寥阁中与无极僧谈诗品茶，通宵不寐。（《松圆偈庵集》卷上《松寥诗引》）

明万历二十八年庚子(1600)　36岁

友唐时升五十岁，作文以记。（《松圆浪淘集》卷六《唐叔达兄五十》）

戏作《荔枝酒歌》题于扇面。（《松圆浪淘集》卷十《送莆田宋比玉歌》）

秋，送娄坚赴乡试。（《松圆浪淘集》卷六《送子柔乡试》）

明万历二十九年辛丑(1601)　37岁

正月，友殷都七十寿辰，作文以贺。（《松圆浪淘集》卷六《寿殷丈无美先生七十》）

与殷都同游无锡、江阴等地。《松圆浪淘集总目》）

明万历三十年壬寅(1602)　38岁

游虞山兴福寺。(《耦耕堂集》文卷下《游虞山记》)

二月，归新安，欲赴方伯雨之约，阴雨连日终未成行。(《松圆偈庵集》卷上《溪堂题画诗引》)

刘价伯作诗赠孙履和，程嘉燧亦和诗三首。(《松圆偈庵集》卷上《溪堂题画诗引》)

过方伯雨溪堂，与刘价伯共宿，悠然忘归，留居此处六月余。(《松圆偈庵集》卷上《溪堂题画诗引》)

十月，留诗壁云寺外。(《松圆偈庵集》卷上《溪堂题画诗引》)

秋，访扬州松寥山。(《松圆偈庵集》卷上《松寥诗引》、《松园浪淘集》卷七《寒月独归题松寥壁》)

冬，闵氏妹归宁。(《松圆偈庵集》卷下《祭闵氏妹》)

明万历三十一年癸卯(1603)　39岁

春，拜访王辰玉。(《松圆浪淘集》卷七《从新安归访王辰玉内翰》)

同张伯美留宿南京弘济寺中。(《松圆浪淘集》卷七《同张伯美留弘济寺印持僧房夜中送平仲渡江书壁二首》)

九月，与故人黄玄龙偶遇弘济寺，临别作《相逢长干行》以赠。(《松圆浪淘集》卷七《相逢长干行》)

秋，游南京。(《松圆浪淘集总目》)

冬，从南京归，投谒戚都督。(《松圆浪淘集》卷七《戚都督再枉书招余白下归赋此投谒》)

明万历三十二年甲辰(1604)　40岁

春,在吴淞戚都督府中担任幕僚。(《松圆浪淘集总目》)

明万历三十三年乙巳(1605)　41岁

早春,同郑胤骥、李流芳出嘉定城外赏梅。(《松圆浪淘集》卷八《同闲孟长蘅出郭看梅期游江桥作》)

夏,与徐孺谷探讨诗法(《耦耕堂集》文卷上《徐孺谷绣虎轩遗稿序》)

李流芳檀园内次醉阁落成,赋诗以贺。《嘉定县志》

秋,过昆山,凭吊孙振颐。(《松圆浪淘集》卷八《过昆山西城拜孙丈振颐先生墓》)

明万历三十四年丙午(1606)　42岁

二月,移居龚方伯西爽亭中。(《石冈广福合志》)

三月,与鲍甥同游苏州,临别前燃灯夜话,作诗三首。(《松圆浪淘集》卷八《鲍甥至夜话明发过扬州辄示三首》)

夏,同雪浪禅师谈《楞严经》。(《松圆浪淘集总目》)

秋,再游南京。(《松圆浪淘集总目》)

作《秦淮秋雨图》一幅。(《松圆浪淘集》卷十一《许儆韦白下寄丙午所画秦淮秋雨索题》)

十月,雪浪禅师前往资善寺开坛讲解《圆觉经》《金刚经》。(《松圆浪淘集总目》)

友徐孺谷病逝。(《耦耕堂集》文卷上《徐孺谷绣虎轩遗稿序》)

明万历三十五年丁未(1607)　43岁

正月初七,与雪浪禅师作别。(《松圆浪淘集总目》)

暮春,友鲍溪父至嘉定拜访程嘉燧并留居月余,临别前赠诗四首。(《松圆浪淘集》卷九《暮春溪父远访肯留旬月临别辄赠四首》)

仲夏,与郑胤骥、李流芳遍游云间诸山,往还五日。(《耦耕堂集》文卷下《题画扇》)

作《画燕图》一幅,赠鲍溪父。(《松圆浪淘集》卷十三《画燕》)

冬,友张茂仁卒。(《松圆浪淘集》卷十《清明拜张二丈墓》)

明万历三十六年戊申(1608)　44岁

春,与朱白民、李流芳、郑胤骥前往山中赏梅。(《松圆浪淘集》卷十《酒闲歌送洞庭葛实甫兼寄讯一雨禅师》)

与唐时升、娄坚一同贺寿龚方伯。(《松圆浪淘集》卷十《溪山图卷二首》)

为孙克弘贺寿,作十二咏。(《松圆浪淘集》卷十《孙汉阳屏风十二咏题寿》)

清明,同娄坚一同拜祭张茂仁。(《松圆浪淘集》卷十《清明拜张二丈墓》)

娄坚长子周岁,赋诗以贺。(《松圆浪淘集》卷十《子柔兄生子复闻晬日喜赋此诗》)

中秋,与庄民敬、张季修泛舟湖上,饮酒赏月。(《松圆浪淘集》卷十《中秋庄民敬将军遣舟相迎同张季修观月余斋日止酒》)

初遇宋比玉、翁吾鼎,相见甚欢。别后又追送宋比玉至昆山,赋诗以赠。(《松圆浪淘集》卷十《送莆田宋比玉歌》)

冬,为李名芳遗稿作序。(《松圆偈庵集》卷上《李翰林遗

稿序》)

明万历三十七年己酉(1609)　45岁

二月,宿李流芳家中,作诗兼怀宋比玉。(《松圆浪淘集》卷十《宿长蘅斋阁即事有怀比玉》)

暮春,唐正叔、郑闲孟携酒至程嘉燧家中,同为翁吾鼎饯行,赋诗一首。(《松圆浪淘集》卷十《己酉春暮唐正叔郑闲孟携榼就吾家饯莆田翁吾鼎醉后自为短歌》)

八月,李流芳将赴京应试,临行前邀程嘉燧虎山桥观月,程嘉燧作《送李长蘅北上》诗三首,并有画扇赠别。(《松圆浪淘集》卷十一《送李长蘅北上三首》)

作《风雨夜泊沽酒图》一幅,并赋诗。(《松圆浪淘集》卷十一《画风雨夜泊沽酒图》)

游西湖,访旧友并赋诗。(《松圆浪淘集》卷十一《西湖访旧兼柬新知》)

送吴趾瑞返乡,作送别诗以赠。(《松圆浪淘集》卷十一《送吴趾瑞还乡觐省》)

重阳,值方叔北上,作诗赠别。(《松圆浪淘集》卷十一《九日值方叔北上惜别》)

友方伯雨远游,程嘉燧追送之,赠诗惜别。(《松圆浪淘集》卷十一《追送故人方伯雨郡城值雨夜发道故惜别》)

许成之、鲍溪父前往塘栖,为程嘉燧送别,程嘉燧作诗以谢。(《松圆浪淘集》卷十一《许成之、鲍溪父追送塘栖余斋日不饮》)

同孙履和、娄坚聚会宴饮。(《松圆浪淘集》卷十一《饮孙履和同钱二丈、娄大兄酒后见月感怀口号》)

岁末,病体初愈,送别孙履和,赠诗一首,兼怀李茂修。(《松

圆浪淘集》卷十一《病中送履和兼怀李茂修》)

明万历三十八年庚戌(1610)　46岁

元日,作诗一首。(《松圆浪淘集》卷十一《庚戌元日漫兴》)

正月,雪天甚喜,留郑闲孟同饮。(《松圆浪淘集》卷十一《喜雪留闲孟同饭》)

正月初四,留宿张次公,二人对雪咏怀。(《松圆浪淘集》卷十一《正月四日张次公先生过遇琴馆留宿对雪即事》)

唐时升六十岁寿辰,作诗以贺。(《松圆浪淘集》卷十一《唐兄叔达六十初度》)

仲夏,居杭州。(《松圆浪淘集》卷十一《唐兄叔达六十初度》)

秋,返嘉定。(《松圆浪淘集》卷十二《同唐娄二兄过安亭访张六泉丈因值洞庭严澄宇即事》)

十月,游楚地。(《松圆浪淘集总目》)

明万历三十九年辛亥(1611)　47岁

客于武昌。(《松圆浪淘集总目》)

与闻上人同宿净慈寺,并留诗数首。(《松圆浪淘集》卷十二《值闻上人同宿净慈朗微阁》)

同闻上人、鲍溪父、张成甫、蕙光同登北高峰,宿僧舍,以诗为记。(《松圆浪淘集》卷十二《同闻师兄、鲍溪父登北高峰宿绝顶僧舍即事》)

作《弄月图》一幅。(《松圆浪淘集》卷十二《题弄月图》)

邀鲍溪父同赏天竺桂树,留诗一首。(《松圆浪淘集》卷十二《再同溪父看天竺桂树三生石》)

同吴淳叔、方若渊、鲍溪父齐聚湖南,吟诗赏月,留诗一首。

(《松圆浪淘集》卷十二《湖南同吴淳叔、方若渊、溪父泛月即事》)

七夕,作诗怀方平仲。(《松圆浪淘集》卷十二《七夕怀平仲扬州》)

与蕙光别,作赠别诗一首。(《松圆浪淘集》卷十二《酬别蕙光》)

与唐时升、娄坚一同欲造访张六泉,途中遇严澄宇,以诗为记。(《松圆浪淘集》卷十二《同唐娄二兄过安亭访张六泉丈因值洞庭严澄宇即事》)

十月二日,与亲朋乘舟同往昆山。(《松圆浪淘集》卷十二《十月二日亲朋拏舟追饯有同至昆山者时溪父卧病寺中》)

十月十六日,夜登瓜州城。(《松圆浪淘集》卷十二《十六夜登瓜州城看月怀旧寄所亲》)

与李洋河同舟,作俚体诗遣怀。(《松圆浪淘集》卷十二《李洋河舟中戏为俚体遣意》)

明万历四十年壬子(1612)　48岁

元日,赋诗一首。(《松圆浪淘集》卷十二《壬子元日试笔》)

元夕,赋诗一首。(《松圆浪淘集》卷十二《元夕》)

二月,由武昌返乡,与瞿式耜同行。(《松圆浪淘集自序》)

秋,寓居汪无际城南(按:嘉定城城南)垫巾楼,与唐孟先同舍并居。(《松圆浪淘集总目》)

与李流芳在杭州同游西溪,李流芳画《永兴兰若》一幅。(《天下名山记》)

赋诗为娄坚妻贺寿。(《松圆浪淘集》卷十三《子柔兄示余以寿内诗辄赋长句用志欣慕》)

岁末,李流芳北上应试,临行作送别诗以赠。《松圆浪淘集》

卷十三《放歌行送长蘅北上兼柬陆羽明》

见唐时升戏作《雁字诗》二十余篇，叹为绝伦，作和韵落花三十篇。（《松圆偈庵集》卷上《唐叔达咏物诗序》）

明万历四十一年癸丑(1613)　49岁

五月十三日，与李元芳兄弟等人在宝尊堂宴集。（《松圆浪淘集》卷十三《五月十三日陪茂初兄弟宝尊堂宴集》）

十月，欲随李流芳同游杭州，未果。（《松圆浪淘集》卷十三《题扇送客怀长蘅湖上》）

冬，宋比玉到访垫巾楼，与程嘉燧对雪鼓琴，觞咏唱和。（《松圆浪淘集总目》）

作文一篇，赞唐时升旧年所作《雁字诗》。（《松圆偈庵集》卷上《唐叔达咏物诗序》）

明万历四十二年甲寅(1614)　50岁

元日，赋诗一首，与宋比玉约游黄山。（《松圆浪淘集》卷十四《甲寅元日试笔》）

元日，孙履和病愈后来访，居留一月余，二月初返程，程嘉燧作诗送别。（《松圆浪淘集》卷十四《喜孙履和病后相见惜别示石甫》）

五月初一，过东林轩与友人话别。（《松圆浪淘集》卷十四《五月一日雨中过东林轩惜别》）

方叔由返归故乡，赋诗赠别。（《松圆浪淘集》卷十四《送方叔由金陵钱塘归柬伯雨诸君》）

孟夏，将游扬州，留宿李流芳家中，约游黄山，并为李流芳新诗作序。（《松圆偈庵集》卷上《李长蘅檀园近诗序》）

秋，客扬州。中秋，宋比玉来访，共乘舟至松寥，结识等慈师。

(《松圆偈庵集》卷上《松寥诗引》)

赴京口探望闵氏妹。(《耦耕堂集》文卷下《亡妹闵孺人墓志铭》)

岁末,返嘉定。十一月十六日,作诗别宋比玉。(《松圆浪淘集》卷十四《走笔别比玉》)

明万历四十三年乙卯(1615)　51岁

元日,唐孟先来访。(《松圆浪淘集》卷十四《元日同唐孟先垫巾楼宴坐》)

正月十八,夜宿李流芳家中。(《松圆浪淘集》卷十四《正月十八夜宿长蘅家感旧和前次醉阁诗韵》)

春,湛公圆寂(《松圆偈庵集》卷上《松寥诗引》)。

夏,唐正叔远游,作送别诗。(《松圆浪淘集》卷十四《送唐正叔游白门寄蕴晖上人》)

友人瞿式耜科考高中,作诗以贺。(《松圆浪淘集》卷十四《喜瞿起田捷至》)

冬,唐孟先返回城郊居住。(《松圆浪淘集》卷十四《唐孟先还郊居惜别》)

除夕,作诗寄怀孙履和。(《松圆浪淘集》卷十四《除夕书怀寄履和六安》)

明万历四十四年丙辰(1616)　52岁

正月八日,妹程淑光病逝,享年四十九岁。(《耦耕堂集》文卷下《亡妹闵孺人墓志铭》)

四月一日,作诗贺孙履和喜得外孙。(《松圆浪淘集》卷十五《四月初一日孙氏女佛容举外孙喜书二绝》)

四月十八日，值亡妹百日祭，衔哀作文，授意弟嘉燃、二子前往镇江闵家祭奠。（《松圆偈庵集》卷下《祭闵氏妹》）

五月，送唐时升北游。（《松圆浪淘集总目》）

孟夏，于垫巾楼作诗兼怀娄坚。（《松圆偈庵集》卷上《题子柔杂怀诗卷后》）

十月，绘《江沙落木》图一幅。（《松圆浪淘集》卷十六《题江沙落木》）

冬，师葛霁怀卒。（《松圆偈庵集》卷下《祭葛师》）

明万历四十五年丁巳（1617）　53 岁

元日，在东林轩，与娄坚作诗唱和。（《松圆浪淘集》卷十六《丁巳元日东林轩和子柔作》）

正月八日，作诗祭亡妹。（《松圆浪淘集》卷十六《正月八日亡妹忌日感述》）

赴苏州前，与李茂初同游赏梅赋诗。（《松圆浪淘集》卷十六《将市药吴门李茂初携诗邀看梅止余楼中次韵酬答》）

二月二十九日，在曹稚躬宅赏玩古字画。（《松圆浪淘集》卷十六《二月廿九日风雨出盐铁塘过曹稚躬宅观仲山父鼎及古画张灯至夜分即事》）

三月三日，泊舟常熟虞山下，访等慈师未遇。（《松圆浪淘集》卷十六《三月三日泊虞山下步寻等慈师不遇》）

苏州，与缪太质饮酒赋诗。（《松圆浪淘集》卷十六《缪太质移居阊门招饮作》）

五月，由嘉定至常熟拂水山居探访钱谦益，居留月余。（《牧斋初学集》卷四十五《耦耕堂记》）

六月十六日，抱病，过陆比部居所，留诗一首。（《松圆浪淘

集》卷十六《六月十六忽病头风过陆比部郊居》)

立秋日,与钱谦益拂水山居赋诗唱和。(《松圆浪淘集》卷十六《拂水山房立秋夜同钱受之作》)

九月二十四日,生辰,诸友齐聚垫巾楼庆贺。(《松圆浪淘集》卷十六《九月廿四日生朝闲孟、无际、彦深、公朴诸君醵饮垫巾楼中呈比玉索和》)

十月十八日,同郑胤骥等友人泛舟游历虞山,夜宿拂水山居。(《松圆浪淘集》卷十六《十月十八日同闲孟、无际、彦逸泊舟程桥由吾谷看枫叶上维摩至望海亭憩拂水崖夜宿山房迟等慈师》)

冬,游冬皋草堂,诗柬瞿达观。(《松圆浪淘集》卷十六《冬日独游冬皋草堂柬达观兄》)

十一月十三日,方季康来访,宴饮欢歌。(《松圆浪淘集》卷十六《闻歌引题画新柳赠歌叟徐四》)

十一月十八日夜,作诗赠宋比玉。(《松圆浪淘集》卷十六《丁巳十一月十八夜枕上占句送比玉都无伦次略教东坡上巳日诗要使别后歌之聊存陈迹正不必诠叙耳》)

除夕,赋诗一首。(《松圆浪淘集》卷十六《除夕》)

刘长卿母六十寿辰,作文以贺。(《松圆偈庵集》卷上《刘母康氏硕人六十寿序》)

明万历四十六年戊午(1618)　54岁

冬,因病未能赴唐孟先之邀,作诗柬答。(《松圆浪淘集》卷十六《雪中孟先走人邀看雪病不能出柬答》)

立春日,李元芳来访。(《松圆浪淘集》卷十六《雪后立春酬茂初见访》)

春,受方有度之邀,将启程赴山西充任幕僚。(《松圆浪淘集

总目》）

三月，行至常熟，夜宿钱谦益处，临行话别。（《松圆浪淘集》卷十六《雨中宿钱受之馆惜别》）

行至扬州途中，适逢汪汝泽、孙石甫由淮阴前来送行。（《松圆浪淘集》卷十六《广陵道中喜值汪汝泽同石甫淮阴来话旧惜别》）

过滁州方伯雨学舍，游琅琊山、醉翁亭等名胜，作诗以记。（《松圆浪淘集》卷十六《过滁州方伯雨兄学舍二首》）

滁州到开封，用时半月。而后又由荥泽广武山下渡黄河，登太行，抵长治。（《松圆浪淘集》卷十六《由荥泽广武山下渡河登太行马上先寄方叔明府》、《松圆偈庵集》卷下《与方季康》）

八月，长治大雪，绘《雪菊图》。（《松圆浪淘集》卷十六《十月廿八夜寄怀宋比玉》）

十月，代方有度、阎兵道作贺寿文。（《松圆偈庵集》卷上《恭贺藩王殿下千秋节七十寿序》《藩王殿下千秋节七十寿序》）

十月二十八日，赋诗寄怀宋比玉。（《松圆浪淘集》卷十六《十月廿八夜寄怀宋比玉》）

十一月，雪夜得方伯雨书信。（《松圆浪淘集》卷十六《十一月雪夜得伯雨兄书》）

冬，编订《松圆浪淘集》得十八卷，并为之序。（《松圆偈庵集》卷上《浪淘集序》）

明万历四十七年己未(1619)　55岁

元日，作诗一首。（《松圆浪淘集》卷十六《己未元日试笔》）

三月，友汪侨孙由新安来上党，居留数月。（《松圆浪淘集》卷十六《送汪侨孙》、《松圆偈庵集》卷上《题汪侨孙五台纪游》）

四月二十五日，赋诗赠儿程士迪。（《松圆浪淘集》卷十六《四

月廿五日示迪儿》)

绘《墨花蝴蝶图》一幅并赋诗。(《松圆浪淘集》卷十六《题墨花蝴蝶》)

题《烟岚小幅》一幅并赋诗赠宋比玉。(《松圆浪淘集》卷十六《题烟岚小幅寄比玉》)

九月十六日,作送别诗赠瑞卿。(《松圆浪淘集》卷十六《九月既望次瑞卿惜别诗》)

冬至夜,作诗一首。(《松圆浪淘集》卷十六《冬至月下即事》)

除夕,大雪,绘《鹊与鸣鸡》一幅并题诗赠德公。(《松圆浪淘集》卷十六《除夕大雪题画与德公》)

等慈师圆寂,葬于常熟兴福寺。(《常熟县破山兴福寺志》)

明泰昌元年庚申(1620)　56岁

正月初六,得家书一封及娄坚诗作数首。(《松圆浪淘集》卷十六《人日》)

立春日,赋诗一首。(《松圆浪淘集》卷十六《立春日署中即事》)

重阳前后,代方有度作贺寿文一篇。(《松圆偈庵集》卷上《从兄怀泉翁偕吴硕人七十双寿序》)

明天启元年辛酉(1621)　57岁

二月,李名芳之妻六十寿辰,作文以贺。(《松圆偈庵集》卷上《李母沈夫人寿序》)

三月,得李茂初书信,作诗以和。(《松圆浪淘集》卷十六《次茂初见怀柬答三首》)

春日,作《春雪》《桃树下作》《闻莺》等诗。(《松圆浪淘集》卷

十六）

清明，作《松寥诗引》。（《松圆偈庵集》卷上《松寥诗引》）

端午后，同刘浚元于六润堂诗酒唱和。（《松圆浪淘集》卷十六《刘浚元载酒六润堂即事》）

六月十六日，客长治，作文祭嘉燃弟。（《松圆偈庵集》卷下《祭仲防亡弟》）

秋，刘去非将赴秋试，作诗送别。（《松圆浪淘集》卷十六《刘去非将赴秋试惜别》）

家书至，绘《蕖竹图》并题诗。（《松圆浪淘集》卷十六《得家书后画蕖竹偶书》）

九月，登百谷山，于百谷寺旁听泉，作文以记。（《松圆偈庵集》卷上《重登百谷山观泉宴游记》）

十二月，陪同方有度赴京，与钱谦益京师聚首。（《耦耕堂集》文卷下《徵仕郎吏科左给事中方君行状》、《松圆浪淘集总目》）

除夕，踏雪观松，赋诗一首。（《松圆浪淘集》卷十七《除夕踏雪看松》）

明天启二年壬戌(1622)　58岁

始会沈无回于京师，二人神交已久。（《耦耕堂集》文卷下《题荐亡友沈无回三七忏疏后》）

春，追送友人至天宁寺不及，作题画诗赠别。（《松圆浪淘集》卷十七《雪中追送友人天宁寺不及题画与吴巽之惜别》）

四月十二日，作诗送魏仲雪。（《松圆浪淘集》卷十七《清和十二日走笔送魏仲雪之南京虞部兼柬莆田宋比玉》）

五月七日，同刘去非、牛贞孺聚首京师。（《松圆浪淘集》卷十七《五月七日同刘去非、牛贞孺携榼湖边坐雨即事用去年载酒六润

堂诗韵》)

六月二十日,正阳门外为牛贞孺饯行。二十一日,追送其一诗、一扇、一纸。二十二日程嘉燧返回上党。(《松圆浪淘集》卷十七《送牛贞孺归上党》)

七夕,与钱谦益共度,绘《中峰夜雨》一幅并题诗三首。(《松圆浪淘集》卷十七《七夕同受之坐雨偶吮墨作中峰夜雨因忆拂水山居旧事漫书口号三首》)

十一月二十四日,与嘉定友人宣平仲话旧,作题扇诗一首。(《松圆浪淘集》卷十七《十一月廿四题扇与平仲话旧》)

明天启三年癸亥(1623)　59岁

为故居松圆山居作画题诗。(《松圆浪淘集》卷十七《题画松圆山居示敬之弟三绝》)

伏日,作诗答谢庐邻虚。(《松圆浪淘集》卷十七《伏日庐邻虚馈饼柬谢》)

作诗送别刘浚元。(《松圆浪淘集》卷十七《送刘浚元归上党》)

明天启四年甲子(1624)　60岁

元日,由高平登太行,拜谒孔子回车庙。(《松圆浪淘集总目》)

元夕,回乡途中宿南宿州驿,作《尝甘诗》。(《松圆浪淘集》卷十八《甲子元夕南宿州驿舍尝甘漫题》)

正月十八日,侯园赏梅,赋诗一首。(《松圆浪淘集》卷十八《正月十八日同仲和侯园看梅因期同出西郭即事》)

二月,返徽州。(《松圆浪淘集总目》)

访黄山,作《龙潭晓雨图》。(《宋元明清书画家传世作品年

表》)

八月十五日,受侯服长邀请一同泛舟观伎。(《松圆浪淘集》卷十八《八月十五侯服长邀泛舟观伎即事》)

明天启乙丑(1625)　61 岁

五月,由新安返嘉定,居香浮阁。(《耦耕堂集》自序)

夏,友人宣成叔逝,受娄坚请托撰写墓志铭。(《耦耕堂集》文卷下《亡友宣成叔夫妇墓志铭》)

七月,作《祭唐孟先》文。(《松圆偈庵集》卷下《祭唐孟先》)

秋,与堂叔程启阳同舟泊嘉禾,湖上赋诗送别。(《松圆浪淘集》卷十八《畴昔吟》)

明天启六年丙寅(1626)　62 岁

春,游杭州,作诗以记。(《松圆浪淘集》卷十八《春暮水边观伎作》)

陈继儒七十寿辰,作诗以贺。(《松圆浪淘集》卷十八《陈眉公七十赠诗》)

金子鱼七十寿辰,代董宗伯作文以贺。(《松圆偈庵集》卷上《寿金子鱼先生七十序》)

明天启七年丁卯(1627)　63 岁

作《西涧图》一幅。(《晋唐五代宋元明清名家书画集》)

秋,至南京,居汪景纯处。(《耦耕堂集》诗卷下《西湖逢曹莘野话旧》)

秋,访宋比玉、李沮修,受邀游龙泉山,未能成行。(《松圆偈庵集》卷上《李宋倡和诗序》)

八月十四日，与钱谦益、李流芳虎丘同饮。（《初学集》卷四《八月十四夜舣舟虎丘与孟阳、长蘅小饮》）

十月十九日，作文祭奠方有度。（《松圆偈庵集》卷下《祭方方石》）

明崇祯元年戊辰（1628）　64岁

冬，为李沮修所刻《李宋倡和诗》作序。（《松圆偈庵集》卷上《李宋倡和诗序》）

明崇祯二年己巳（1629）　65岁

闰四月三日，李流芳逝，年五十五。（《松圆偈庵集》卷下《奠李长蘅》）

作《乐游园图》，扇面。（《中国古代书画图目》第三册）

作《仿倪瓒山水》。（《中国古代书画图目》第二十一册）

明崇祯三年庚午（1630）　66岁

作《横斜疏影图》。（《中国古代书画图目》第三册）

作《松鸡图》。（《中国古代书画图目》第十三册）

作《仿倪山水》。（《中国古代书画图目》第三册）

四月，与宋比玉同往钱谦益拂水山居居住。钱谦益托请宋比玉作文书耦耕堂。（《耦耕堂集·自序》）

夏，居耦耕堂，送堂叔程兰亭归乡。（《耦耕堂集》文卷上《从叔兰亭七十寿叙》）

友人张异度来拂水山居拜访，临行作赠别诗一首。（《耦耕堂集》诗卷上《张异度载酒过山居雨中话别送行一首》）

八月十二日夜，拂水山居秋水阁落成，与钱谦益作诗唱和。

(《耦耕堂集》诗卷上《八月十二夜次牧斋韵》)

十月十七,与钱谦益、李名芳等人同游虞山。(《初学集》卷九《十月十七偕孟阳、茂初步至宝严湾枫林烂然因寻故人瞿元初墓徙倚寺前石桥作短歌记之》)

冬,太空上人到访拂水山居,募资造像。程嘉燧作《一树庵造像疏》。(《初学集》卷八一《一树庵募造佛殿疏》)

除夕,作诗和钱谦益。(《耦耕堂集》诗卷上《庚午除夕次牧斋韵》)

明崇祯四年辛未(1631)　67岁

作《松荫高士图》。(《中国古代书画图目》第二十一册)

元日,与钱谦益和诗一首。(《耦耕堂集》诗卷上《辛未元日次牧斋韵》)

正月初七,与钱谦益和诗一首。(《耦耕堂集》诗卷上《人日次牧斋韵》)

早春,与张茂才小酌赠诗一首。(《耦耕堂集》诗卷上《山麓张茂才家早春小饮有赠》)

四月,居拂水山居耦耕堂,嘉定友人到访,携子士颛游虞山,作文以记。(《耦耕堂集》文卷下《游虞山记》)

秋,与钱谦益在东皋赏菊。(《耦耕堂集》诗卷上《和牧斋东皋观菊四首》)

冬,娄坚卒,享年七十八。(《耦耕堂集》文卷上《祭娄兄子柔》)

明崇祯五年壬申(1632)　68岁

春,返嘉定。(《耦耕堂集》自序)

作《候潮图》。(《中国古代书画图目》第三册)

作《雨景山水》。(《中国古代书画图目》第三册)

明崇祯六年癸酉(1633)　69岁

作《骑驴图》。(上海博物馆藏)

明崇祯七年甲戌(1634)　70岁

元日,作诗一首。(《耦耕堂集》诗卷中《甲戌元日闻鸡警悟一首》)

二月,与谭文学饮酒赏梅,泛舟夜归。(《耦耕堂集》诗卷中《花朝谭文学载酒看梅复邀泛舟夜归即事》)

三月,拜访嘉定张子石并留宿。(《耦耕堂集》诗卷中《三月晦日过张子石留宿同茂初兄作》)

四月二日,拜访张鲁生。(《耦耕堂集》诗卷中《四月二日过鲁生家作》)

七月,柳如是游嘉定,十二日夜过老成亭,与程嘉燧诗酒唱和。(《耦耕堂集》诗卷中《朝云诗》)

九月,与唐时升外出赏游夜归。(《耦耕堂集》诗卷中《九日同唐四兄游邻园留饮夜归》)

重过钱谦益拂水山居。(《耦耕堂集》诗卷中《重过牧斋拂水山居经宿遂撤新楼开窿域复申墓田耦耕之约有述》)

冬,前往京口五州山,祭拜闵氏妹。(《耦耕堂集》自序)

作《山水》。(《中国古代书画图目》第九册)

作《雪景山水》。(《中国古代书画图目》第三册)

明崇祯八年乙亥(1635)　71 岁

在嘉定,与唐时升朝夕同游。(《耦耕堂集》自序)

作《夏夜试茶图》。(《中国古代书画图目》第十一册)

作《月下对话图》。(《中国古代书画图目》第三册)

作《篱边秋水图》。(《中国古代书画图目》第三册)

作《霜林远岫图》。(《中国古代书画图目》第三册)

作《松石图轴》。(《中国古代书画图目》第十二册)

作《幽亭老树图》。(《中国古代书画图目》第六册)

明崇祯九年丙子(1636)　72 岁

正月,柳如是来嘉定,与嘉定诸老一同聚会宴饮,诗酒唱和。(《耦耕堂集》诗卷中《和尔宗春宴即事》)

正月十一、十二日,柳如是留居程嘉燧宅,欢饮达旦。(《耦耕堂集》诗卷中《正月十一十二夜云生留余家与客连夕酣歌醉余夜深徘徊寺桥俯仰昔游题三绝句》)

二月上旬,与柳如是郊游踏青。(《耦耕堂集》诗卷中《二月上浣同云娃踏青归雨宴达曙用佳字》)

二月末,柳如是离开嘉定,作《緪云诗》八首为之送别。(《耦耕堂集》诗卷中《緪云诗》)

六月,鸳湖,与朱子暇、柳如是宴饮惜别。(《耦耕堂集》诗卷中《六月鸳湖饮朱子暇夜归与云娃惜别》)

作山水扇面一幅。(《中国古代书画图目》第三册)

作《夏山待渡图》。(《中国古代书画图目》第七册)

作《双松图》。(《小松圆阁书画跋》)

友唐时升卒,享年八十六。(清光绪《嘉定县志》卷十九)

明崇祯十年丁丑(1637)　73岁

正月,留滞苏州,送钱谦益北上。(《耦耕堂集》自序)

二月,返嘉定,探视李元芳。(《耦耕堂集》文卷上《祭李茂初》)

三月,友李元芳卒,享年七十四。(《耦耕堂集》文卷上《祭李茂初》)

四月,钱谦益受诬下狱,程嘉燧居留杭州。(《耦耕堂集》自序)

作《遥山晴色图》。(《中国古代书画图目》第十二册)

作《赤壁夜游图》。(《中国古代书画图目》第十三册)

十二月,钱谦益狱中作《岁暮怀孟阳》诗一首。(《初学集》卷十二《岁暮怀孟阳》)

十二月,为娄坚妹婿宣成叔夫妇撰写墓志铭。(《耦耕堂集》文卷下《亡友宣成叔夫妇墓志铭》)

友人张异度七十寿辰,作诗以贺。(《耦耕堂集》诗卷中《张异度七十》)

明崇祯十一年戊寅(1638)　74岁

二月,友金子鱼卒,享年八十二。(《耦耕堂集》文卷上《祭金子鱼》)

夏,在杭州,宗景岑归还端砚,作诗一首。(《耦耕堂集》诗卷下《还砚歌》)

九月,醉中作《墨兰》十七幅,未署名。冬,又作两册。(《耦耕堂集》文卷下《题兰谱》)

秋,钱谦益由北京放归,居拂水山居,邀程嘉燧前往。(《耦耕堂集》自序)

冬,拂水山居与李孟芳话旧。(《耦耕堂集》诗卷下《和李孟芳

山中话旧》)

冬,由杭州返嘉定,祭奠金子鱼。(《耦耕堂集》文卷上《祭金子鱼》)

除夕,拂水山居与钱谦益守岁。(《耦耕堂集》诗卷下《除夕拂水山庄和钱牧斋韵二首》)

作《仿王绂山水》,扇面。(今藏于上海博物馆)

明崇祯十二年己卯(1639)　75岁

元日,和诗一首。(《耦耕堂集》诗卷下《元旦和牧斋韵》)

瞿稼轩五十寿辰,作诗以贺。(《耦耕堂集》诗卷下《瞿稼轩五十》)

寒食节,与钱谦益、沈璜同游破山寺。(《初学集》卷十五《寒食偕孟阳璧甫山行饭破山寺》)

四月,与潘方孺、郑彦逸同访张鲁生宅。(《耦耕堂集》诗卷下《四月同潘方孺、郑彦逸再过鲁生薖斋》)

友刘长卿逝,作诗以悼。(《耦耕堂集》诗卷下《吊刘长卿》)

六月,方外交巨冶师、无著前来拜访。(《耦耕堂集》诗卷下《六月望巨冶师过访无著亦至喜呈一首》)

张长卿七十寿辰,作诗以贺。(《耦耕堂集》诗卷下《张长卿七十生日为作小歌》)

中秋,作诗怀钱谦益。(《耦耕堂集》诗卷下《八月十五夜同考子作有怀海虞公》)

重阳,在嘉定城南登高远眺,念及往事兼怀李流芳。(《耦耕堂集》诗卷下《九日城南登高有述》)

池州友人何寤明到访。(《耦耕堂集》诗卷下《池州何寤明投访即事有答》)

十二月，与沈无回邂逅于拂水明发堂。（《耦耕堂集》文卷下《题荐亡友沈无回三七忏疏后》）

除夕，与钱谦益在拂水山居守岁。（《耦耕堂集》诗卷下《除夕次牧斋韵》）

作《山水》。（《故宫文物季刊》总第102期）

作《西湖记游图》。（《中国古代书画图目》第二十一册）

作《送别图》。（《中国古代书画图目》第三册）

作《观鱼图》轴。（《中国古代书画图目》第三册）

作《柳岸并蹄图》。（《中国古代书画图目》第九册）

作《芦汀笛唱图》。（《中国古代书画图目》第二十一册）

作《唐人诗意图》轴。（《中国古代书画图目》第三册）

作《风江吹笛图》。（今藏于上海博物馆）

作《梧荫纳凉图》。（今藏于上海博物馆）

作《坐月图》。（今藏于上海博物馆）

明代崇祯十三年庚辰(1640)　76岁

春，钱谦益移居入城，程嘉燧将返徽州。（《耦耕堂集》自序）

三月，友侯峒曾母七十寿辰，作文以贺。（《耦耕堂集》文卷上《寿侯母龚氏太夫人七十序》）

清明，拂水山居为钱谦益家塾师黄蕴生饯行，作感怀诗一首。（《耦耕堂集》诗卷下《拂水值黄蕴生清明归省感怀一首》）

初夏，于崇德馆舍，作《题兰谱》一文。（《耦耕堂集》文卷下《题兰谱》）

夏，于胡九玄宅中，观赏陈白室画册并作文以记。（《耦耕堂集》文卷下《题陈白室画册后》）

秋冬之交，友方履祥来访，居留拂水山居，旬日而别，临行前为

其父向程嘉燧请寿序。(《耦耕堂集》文卷上《仲姨丈方翁素川兄八十寿序》)

十二月,将返徽州,过半野堂,与柳如是、钱谦益诗酒唱和。(《耦耕堂集》诗卷下《再赠河东君用柳原韵》《又次老牧泛舟韵》《感别半野堂叠前韵》)

作《骑驴秋野》图。(《中国书画全书》卷十一)

作《柳桥山寺图》。(《中国古代书画图目》第十二册)

作《柴门送客图》。(《中国古代书画图目》第二十一册)

明崇祯十四年辛巳(1641)　77岁

程嘉燧返回徽州歙县。(《耦耕堂集》文卷下《题归舟漫兴册》)

三月,钱谦益赴黄山之约,至松圆山居拜访,未遇,赋题壁诗后离开。(《耦耕堂集》诗卷下《和牧斋宿方给谏旧馆有怀孟阳次韵》、《初学集》卷十九《下黄山留宿故方给事方石书馆题壁兼怀孟阳》)

三月二十四日,与钱谦益相遇桐江江上,同宿新店,篝灯夜谈。(《耦耕堂集》诗卷下《辛巳三月廿四日未至桐庐廿里老钱在官舫扬帆顺流东下余唤小渔艇绝流从之同宿新店示黄山新诗且闻曾至余家有题壁诗次韵一首》)

访得古法制墨,墨成命为“古松煤”。(《耦耕堂集》文卷下《古松煤墨记》)

作《松萱图》轴。(《中国古代书画图目》第三册)

明崇祯十六年癸未(1643)　79岁

春,读书山中。(《耦耕堂集》文卷上《仲姨丈方翁素川兄八十

寿序》)

编定《耦耕堂集》五卷,冬十月为之作序。(《耦耕堂集》自序)

冬,钱谦益《初学集》刊成,程嘉燧受邀为之作序。(《耦耕堂集》自序)

作《策蹇图》。(《中国古代书画图目》第三册)

十二月,卒于徽州歙县长翰山,享年七十九。(《耦耕堂集》卷首《耦耕堂集叙》)

附录二　程嘉燧绘画作品辑录

【按】此作品总录是在参考程嘉燧诗文集、《中国古代书画图目》、《新安画派》、《历代名人年谱》、《晋唐五代宋元明清名家书画集》、《宋元明清书画家传世作品年表》等书的基础上辑录而成。

序号	作品名	创作时间	作品形式
1	《松林图》	明万历二十年(1592)	轴,纸本,淡彩
2	《寒林扇图》	明万历二十五年(1597)	不详
3	《滩月图》	明万历三十年(1602)	不详
4	《山水》	明万历三十四年(1606)	扇页,金笺
5	《秦淮秋雨图》	明万历三十四年(1606)	不详
6	《画燕》	明万历三十五年(1607)	不详
7	《风雨夜泊沽酒图》	明万历三十七年(1609)	不详
8	《山水》	明万历三十七年(1609)	扇页
9	《行脚僧》	明万历三十七年(1609)	扇页,金笺
10	《牧牛图》	明万历三十七年(1609)	扇页,金笺,墨色
11	《山水》	明万历三十八年(1610)	扇页,金笺
12	《疏林暮鸦》	明万历四十二年(1614)	不详

13	《为孟约作山水》	明万历四十二年(1614)	扇页,金笺
14	《霜月寒林》	明万历四十四年(1616)	不详
15	《鸡图》	明万历四十四年(1616)	扇页,金笺
16	《山水》	明万历四十四年(1616)	扇页,金笺
17	《山水》(四开)	明万历四十五年(1617)	绢本,册页
18	《钟陵霁雪》	明万历四十五年(1617)	不详
19	《云山松桂图》	明万历四十五年(1617)	轴,绢本,设色
20	《霸亭柳色图》	明万历四十六年(1618)	扇页,金笺,设色
21	《远山古屋图》	明万历四十六年(1618)	轴,绢本,墨笔
22	《雪菊》	明万历四十六年(1618)	不详
23	《墨竹》	明万历四十七年(1619)	不详
24	《烟岚小幅》	明万历四十七年(1619)	不详
25	《鹊与鸣鸡》	明万历四十八年(1620)	不详
26	《桐下高吟图》	明天启元年(1621)	轴,纸本,墨笔
27	《枯木怪石》	明天启元年(1621)	不详
28	《松鹰》	明天启二年(1622)	扇页,金笺,墨笔
29	《中峰夜雨图》	明天启二年(1622)	不详
30	《松圆山居图》	明天启三年(1623)	不详
31	《秋溪叠嶂图》	明天启四年(1624)	轴,纸本,墨笔
32	《龙潭晓雨图扇》	明天启四年(1624)	扇页
33	《松石庵图》	明天启四年(1624)	扇页,金笺,墨笔
34	《风江夜泊图》	明天启五年(1625)	扇页,金笺,设色
35	《枯木竹石图》	明天启五年(1625)	轴,纸本,墨笔
36	《山竹早梅》	明天启五年(1625)	金笺,扇页,水墨

37	《山水》	明天启六年(1626)	纸本、设色
38	《江郫远帆图》	明天启六年(1626)	金笺,扇页,水墨
39	《仿宋人山水册》(八开)	明天启六年(1626)	不详
40	《春水船如天上坐》	明天启七年(1627)	不详
41	《江干寻诗图》	明天启七年(1627)	不详
42	《山水》	明天启七年(1627)	不详
43	《西涧图》	明天启七年(1620)	不详
44	《仿王叔明画》	明崇祯元年(1628)	绢本,水墨
45	《溪山风雨图》	明崇祯元年(1628)	金笺,扇页,水墨
46	《杜甫诗意图》	明崇祯元年(1628)	金笺,扇页,设色
47	《绿树越溪图》	明崇祯元年(1628)	手卷,纸本,设色
48	《设色山水小卷》	明崇祯元年(1628)	手卷
49	《仿倪瓒山水》	明崇祯二年(1629)	轴,纸本,墨笔
50	《乐游原图》	明崇祯二年(1629)	扇页,金笺,设色
51	《松鸡图》	明崇祯三年(1630)	轴,纸本,墨笔
52	《横斜疏影图》	明崇祯三年(1630)	扇页,金笺,墨笔
53	《仿倪山水》	明崇祯三年(1630)	扇页,金笺,墨笔
54	《松荫高士图》	明崇祯四年(1631)	轴,纸本,设色
55	《秋林图》	明崇祯四年(1631)	不详
56	《候潮图》	明崇祯五年(1632)	扇页,金笺,设色
57	《目送归波图》	明崇祯五年(1632)	金笺,扇页,水墨淡彩
58	《雨景山水》	明崇祯五年(1632)	扇页,金笺,设色
59	《骑驴图》	明崇祯六年(1633)	纸本,扇页,墨笔
60	《虞山归舟图》	明崇祯七年(1634)	轴,纸本,墨笔

61	《雪景山水》	明崇祯七年(1634)	扇页,纸本,墨笔
62	《山水》	明崇祯七年(1634)	扇页,纸本,设色
63	《山水》(四开)	明崇祯七年(1634)	绢本,设色
64	《夏夜试茶图》	明崇祯八年(1635)	扇页,纸本,设色
65	《幽亭老树图》	明崇祯八年(1635)	轴,绫本,水墨
66	《松石图轴》	明崇祯八年(1635)	轴,纸本,墨笔
67	《霜林远岫图》	明崇祯八年(1635)	轴,纸本,墨笔
68	《月下对话图》	明崇祯八年(1635)	扇页,金笺,设色
69	《篱边秋水图》	明崇祯八年(1635)	扇页,金笺,墨笔
70	《山水》	明崇祯九年(1636)	扇页,纸本,水墨
71	《夏山待渡图》	明崇祯九年(1636)	扇页,金笺,墨笔
72	《双松图》	明崇祯九年(1636)	不详
73	《遥山晴色图》	明崇祯十年(1637)	扇页,金笺,设色
74	《山水》	明崇祯十年(1637)	扇页,金笺,设色
75	《松云图》	明崇祯十年(1637)	扇页,金笺,墨笔
76	《赤壁夜游图》	明崇祯十年(1637)	扇页,金笺,墨笔
77	《仿王绂山水》	明崇祯十一年(1638)	扇页,金笺,墨笔
78	《墨兰》(十七幅)	明崇祯十一年(1638)	不详
79	《仿王蒙山水》	明崇祯十二年(1639)	扇页,金笺,设色
80	《西湖纪游图》	明崇祯十二年(1639)	扇页,金笺,设色
81	《观鱼图》	明崇祯十二年(1639)	轴,纸本,墨笔
82	《柳岸并蹄图》	明崇祯十二年(1639)	轴,纸本,设色
83	《山水》	明崇祯十二年(1639)	扇页,金笺,墨笔
84	《芦汀笛唱图》	明崇祯十二年(1639)	扇页,金笺,设色

85	《唐人诗意图》	明崇祯十二年(1639)	轴,纸本,墨笔
86	《风江吹笛图》	明崇祯十二年(1639)	扇页,金笺,墨笔
87	《梧荫纳凉图》	明崇祯十二年(1639)	扇页,金笺,墨笔
88	《坐月图》	明崇祯十二年(1639)	扇页,金笺,墨笔
89	《山斋图轴》	明崇祯十三年(1640)	纸本,水墨
90	《骑驴秋野图》	明崇祯十三年(1640)	扇页
91	《载酒图》	明崇祯十三年(1640)	扇页,金笺,设色
92	《秋浦放舟图》	明崇祯十三年(1640)	扇页,金笺,设色
93	《柴门送客图》	明崇祯十三年(1640)	扇页,金笺,设色
94	《柳桥山寺图》	明崇祯十三年(1640)	扇页,纸本,墨笔
95	《山水》(八开)	明崇祯十三年(1640)	册页,纸本,墨笔
96	《山水图》	明崇祯十四年(1641)	纸本
97	《松萱图》	明崇祯十四年(1641)	轴,纸本,墨笔
98	《仿倪山水图》	明崇祯十五年(1642)	立轴
99	《山水》	明崇祯十五年(1642)	轴,纸本,墨笔
100	《策蹇图》	明崇祯十六年(1643)	扇页,金笺,墨笔
101	《富春烟暝》	明崇祯十六年(1643)	淡著色

参考文献

一、史料、笔记、方志、年谱类

〔1〕《板桥杂记》，余怀撰，郑州：中州古籍出版社 2016 年版。

〔2〕《沧浪诗话》，严羽撰，北京：人民文学出版社 1998 年版。

〔3〕《常熟县破山兴福寺志》，程嘉燧撰，《四库全书存目丛书》，济南：齐鲁书社 1996 年版。

〔4〕《池北偶谈》，王士祯撰，北京：中华书局 1982 年版。

〔5〕《东山存稿》，赵访撰，《文渊阁四库全书》，台北：台湾商务出版社 1983 年版。

〔6〕《钝吟杂录》，冯班撰，南京：凤凰出版社 2017 年版。

〔7〕《范文忠公文集》，范景文著，北京：中华书局 1985 版。

〔8〕《古今笔记精华录》，扬州：江苏广陵古籍刻印社 1990 年影印版。

〔9〕《古夫于亭杂录》，王士祯撰，《文渊阁四库全书》，台北：台湾商务印书馆 1983 年版。

〔10〕《画旨》，董其昌撰，《画论丛刊》，上海：上海人民美术出版社 1960 年版。

〔11〕《怀麓堂诗话》，李东阳著，北京：人民文学出版社 2009

年版。

〔12〕《徽郡诗》,陈有守编,《四库全书存目丛书补编》,济南:齐鲁书社2000年版。

〔13〕《松圆偈庵集》,程嘉燧撰,《续修四库全书》,上海:上海古籍出版社1997年版。

〔14〕《寄园寄所寄》,赵吉士撰,合肥:黄山书社2008年版。

〔15〕《静志居诗话》,朱彝尊撰,北京:人民文学出版社1990年版。

〔16〕《历代诗话》,何文焕辑,北京:中华书局1981年版。

〔17〕《历代诗话续编》,丁福保辑,北京:中华书局1983年版。

〔18〕《列朝诗集小传》,钱谦益撰,上海:上海古籍出版社1983年版。

〔19〕《柳南随笔》,王彦奎撰,北京:中华书局1983年版。

〔20〕《明三十家诗选》,汪端撰,蕴兰吟馆清同治十二年(1873)刻本。

〔21〕《明诗别裁集》,沈德潜撰,上海:上海古籍出版社1979年版。

〔22〕《明诗纪事》,陈田辑撰,上海:上海古籍出版社1993年版。

〔23〕《耦耕堂集》,程嘉燧撰,《续修四库全书》,上海:上海古籍出版社1997年版。

〔24〕《浦山论画》,张庚撰,《历代论画名著汇编》,北京:文物出版社1982年版。

〔25〕《清诗纪事初编》,邓之诚撰,上海:上海古籍出版社1965年版。

〔26〕《三易集》,唐时升撰,《四库禁毁书丛刊》,北京:北京出

版社 1997 年版。

〔27〕《歙事闲谭》，许承尧著，合肥：黄山书社 2001 年版。

〔28〕《石冈广福合志》，萧鱼会、赵稷思编，吴宣德标点，上海：上海社会科学院出版社 2004 年版。

〔29〕《诗家直说》，谢榛著，《文渊阁四库全书总目》，台北：台湾商务印书馆 1983 年版。

〔30〕《诗薮》，胡应麟撰，上海：上海古籍出版社 1979 年版。

〔31〕《菽园杂记》，陆容撰，佚之点校，北京：中华书局 1985 年版。

〔32〕《水东日记》，叶盛撰，北京：中华书局 1980 年版。

〔33〕《四库全书总目》，北京：中华书局 1965 年版。

〔34〕《松圆浪淘集》，程嘉燧撰，《续修四库全书》，上海：上海古籍出版社 1997 年版。

〔35〕《檀园集》，李流芳撰，《文渊阁四库全书》，台北：台湾商务出版社 1983 年版。

〔36〕《五杂组》，谢肇制撰，上海：上海书店出版社 2012 年版。

〔37〕《新安二布衣诗》，汪洪度撰，《四库禁毁书丛刊》，北京：北京出版社 1997 年版。

〔38〕《学古绪言》，娄坚撰，《文渊阁四库全书》，台北：台湾商务出版社 1983 年版。

〔39〕《燕翼篇》，李淦撰，《丛书集成续编》，上海：上海书店 1994 年。

〔40〕《历代诗话统编》，何文焕、丁福保编，北京：北京图书馆出版社 2003 年版。

〔41〕《渔洋诗话》，王士祯著，《文渊阁四库全书》，台北：台湾商务出版社 1983 年版。

〔42〕《震川先生集》,归有光撰,周本淳校点,上海:上海古籍出版社 1981 版。

二、今人著述类

〔1〕《布衣闲话》,司徒伟智著,上海:上海人民出版社 1998 年版。

〔2〕《禅宗思想渊源》,吴言生著,北京:中华书局 2001 年版。

〔3〕《程嘉燧全集》,上海市嘉定区地方志办公室编,沈习康点校,上海:上海古籍出版社 2015 年版。

〔4〕《法国》(下),菲利普·潘什梅尔著,漆竹生译,上海:上海译文出版社 1980 年版。

〔5〕《佛教文学》,陈引驰编著,上海:上海人民美术出版社 2003 年版。

〔6〕《公安派结社考论》,何宗美著,重庆:重庆出版社 2005 年版。

〔7〕《公安与竟陵——晚明两个“新潮”文学流派》,王恺著,南京:江苏古籍出版社 1996 年版。

〔8〕《闺塾师:明末清初江南的才女文化》,[美]高彦颐著,李志生译,南京:江苏人民出版社 2005 年版。

〔9〕《归有光与嘉定四先生研究》,黄霖主编,上海:上海古籍出版社 2007 年版。

〔10〕《黄宾虹文集》,黄宾虹著,上海:上海书画出版社 1999 年版。

〔11〕《徽州》,王振忠著,上海:三联书店出版社 2000 年版。

〔12〕《徽州学概论》,姚邦藻主编,北京:中国社会科学出版社

2000 年版。

〔13〕《徽州文化综览》，李仲谋著，合肥：安徽教育出版社 2004 年版。

〔14〕《徽州宗族社会》，唐力行著，合肥：安徽人民出版社 2005 年版。

〔15〕《徽州宗族研究》，赵华富著，合肥：安徽大学出版社 2004 年版。

〔16〕《近代诗派与地域》，汪辟疆著，上海：上海古籍出版社 1988 年版。

〔17〕《论徽学》，朱万曙编著，合肥：安徽大学出版社 2004 年版。

〔18〕《练水风雅：嘉定四先生诗文选注》，夏咸淳、陶继明主编，上海：上海文化出版社 2011 年版。

〔19〕《美学散步》，宗白华著，上海：上海人民出版社 1981 年版。

〔20〕《明代城市与市民文学》，方志远著，北京：中华书局 2004 年版。

〔21〕《明末清初的学风》，谢国桢著，北京：人民出版社 1982 年版。

〔22〕《明代儒学生员与地方社会》，陈宝良著，北京：中国社会科学出版社 2005 年版。

〔23〕《明代山人文学研究》，张德建著，长沙：湖南人民出版社 2005 年。

〔24〕《明代社会生活史》，陈宝良著，北京：中国社会科学出版社 2004 年版。

〔25〕《明代唐诗接受史》，查清华著，上海：上海古籍出版社

2006 年版。

〔26〕《明代心学与诗学》,左东岭著,北京:学术出版社 2002 年版。

〔27〕《明代宗族研究》,常建华著,上海:上海人民出版社 2005 年版。

〔28〕《明末云间三子研究》,姚蓉著,广州:广东高等教育出版社 2004 年版。

〔29〕《明清徽商与淮扬社会变迁》,王振忠著,上海:三联书店出版社 1996 年版。

〔30〕《明清徽州农村社会与佃仆制》,叶显恩著,合肥:安徽人民出版社 1983 年版。

〔31〕《明清徽州社会研究》,卞利著,合肥:安徽大学出版社 2004 年版。

〔32〕《明清以来徽州区域社会经济研究》,唐力行著,合肥:安徽大学出版社 1999 年版。

〔33〕《明清之交文人游幕与文学生态》,朱丽霞著,上海:上海古籍出版社 2008 年版。

〔34〕《明清之际党社运动考》,谢国桢著,北京:中华书局 1982 年版。

〔35〕《明人传记资料索引》,台湾"中央"图书馆编撰,台北:台湾"中央"图书馆 1978 年版。

〔36〕《明中后期文学思想研究》,黄卓越著,北京:北京大学出版社 2005 年版。

〔37〕《七缀集》,钱钟书著,上海:上海古籍出版社 1985 年版。

〔38〕《钱谦益文学思想研究》,丁功谊著,上海:上海古籍出版社 2006 年版。

〔39〕《钱谦益诗学研究》,杨连民著,北京:社会科学文献出版社 2007 年版。

〔40〕《清诗史》,严迪昌著,杭州:浙江古籍出版社 2002 年版。

〔41〕《清诗史》,朱则杰著,南京:江苏古籍出版社 1992 年版。

〔42〕《清代布衣诗人研究——以岭南布衣诗人为例》,张琼著,北京:中国社会科学出版社 2020 年版。

〔43〕《诗论》,朱光潜著,合肥:安徽教育出版社 1997 年版。

〔44〕《诗学广论》,姜书阁著,北京:中国社会科学出版社 1982 年版。

〔45〕《谈艺录》,钱钟书著,北京:中华书局 1984 年版。

〔46〕《童书业说画》,童书业著,上海:上海古籍出版社 1999 年版。

〔47〕《晚明诗歌研究》,李圣华著,北京:人民文学出版社 2002 年版。

〔48〕《晚明思潮》,龚鹏程著,北京:商务印书馆 2005 年版。

〔49〕《晚明思想史论》,嵇文甫著,北京:东方出版社 1996 年版。

〔50〕《晚明小品与明季文人生活》,陈万益著,台北:大安出版社 1988 年版。

〔51〕《晚明越中曲家群体研究》,谭坤著,上海:三联书店 2005 年版。

〔52〕《皖人书录》,蒋元卿著,合肥:黄山书社 1989 年版。

〔53〕《魏晋本土文学地理研究》,胡阿祥著,南京:南京大学出版社 2001 年版。

〔54〕《文心雕龙今译》,周振甫著,北京:中华书局 1986 版。

〔55〕《戏曲 · 民俗 · 徽文化论集》,朱万曙编著,合肥:安徽大

学出版社 2004 年版。

〔56〕《新安画派》,郭因、俞宏理、胡迟著,合肥:安徽人民出版社 2005 年版。

〔57〕《艺术哲学》,〔法〕丹纳著,合肥:安徽文艺出版社 1991 年版。

〔58〕《金元明清诗词理论史》,丁放著,合肥:安徽大学出版社 2001 年版。

〔59〕《中国禅思想史——从六世纪到九世纪》,葛兆光著,北京:北京大学出版社 1995 年版。

〔60〕《中国佛学与文学》,胡遂著,长沙:岳麓出版社 1998 年版。

〔61〕《中国古代接受文学与理论》,邬国平著,哈尔滨:黑龙江人民出版社 2005 年版。

〔62〕《中国古代文学通论·明代卷》,傅璇琮、蒋寅主编,沈阳:辽宁人民出版社 2003 年版。

〔63〕《中国古典诗歌接受史研究》,陈文忠著,合肥:安徽大学出版社 1998 年版。

〔64〕《中国绘画史》,潘公凯著,上海:上海古籍出版社 2004 年版。

〔65〕《中国明代文学史》,赵景云、何贤锋著,北京:人民出版社 1994 年版。

〔66〕《中国诗歌美学史》,庄严、章铸著,长春:吉林大学出版社 1994 年版。

〔67〕《中国诗歌史论》,张松如著,长春:吉林大学出版社 1985 年版。

〔68〕《中国诗歌艺术研究》,袁行霈著,北京:北京大学出版社

1987 年版。

〔69〕《中国诗史》,〔日〕吉川幸次郎著,章培恒译,合肥:安徽文艺出版社 1986 年版。

三、论文类

〔1〕《程嘉燧诗歌理论浅析》,姚家齐,《徽学》1986 年第 1 期。

〔2〕《程嘉燧籍贯考》,张义勇,《中国书画》2010 年 5 月刊。

〔3〕《程嘉燧诗学研究》,李东海,安徽大学 2006 年硕士学位论文。

〔4〕《程嘉燧的绘画与应酬活动关系研究》,张义勇,南京艺术学院 2011 年硕士学位论文。

〔5〕《程嘉燧诗学思想研究》,王馨鑫,首都师范大学 2011 年硕士学位论文。

〔6〕《程嘉燧山水画"简淡"风格的成因》,张威威,渤海大学 2013 年硕士学位论文。

〔7〕《程嘉燧山水画研究》,毕佳雨,天津美术学院 2020 年硕士学位论文。

〔8〕《黄山诗浅析》,刘夜烽,《徽州学丛刊 · 创刊号》1985 年第 1 期。

〔9〕《金瑗的〈十百斋书画录〉——兼说新安画派之渊源》,汪世清,《江淮论坛》2001 年第 4 期。

〔10〕《陆游诗歌在明末清初的流行》,蒋寅,《中国韵文学刊》2006 年第 1 期。

〔11〕《李流芳生平交游考》,饶龙隼,《文学评论》1996 年第 1 期。

〔12〕《论古代文学的“地域研究”与“流派研究”》，李时人，《赣南师范学院学报》2005 年第 1 期。

〔13〕《论明末嘉定文人李流芳》，夏咸淳，《上海师范大学学报》2003 年第 3 期。

〔14〕《论明末清初的诗主性情说》，凌丽，《太原师范学院学报》2020 年第 2 期。

〔15〕《论晚明宋诗风的兴起》，丁功谊，《江西社会科学》2005 年第 3 期。

〔16〕《明代诗画家程嘉燧的艺术风格论》，李东海，《安徽农业大学学报》2010 年第 5 期。

〔17〕《明代诗坛宗宋说》，查清华，《江西社会科学》2004 年第 10 期。

〔18〕《明清徽州进士数量、分布特点及其原因分析》，李琳琦，《安徽师范大学学报》2001 年第 2 期。

〔19〕《明清之际文学观念的思想内涵》，许总，《海南大学学报》1999 年第 4 期。

〔20〕《清代前中期满族布衣诗人述略》，张佳生，《社会科学辑刊》1990 年第 1 期。

〔21〕《钱谦益与徽州诗人》，裘新江，《徽州社会科学》1993 年第 1 期。

〔22〕《人杰地灵嘉定镇》，王继杰，《档案与史学》2004 年第 1 期。

〔23〕《试论清代格调论诗学兴起的时代条件与诗学背景》，王顺贵，《苏州科技学院学报》2006 年第 1 期。

〔24〕《松圆诗老程嘉燧》，孙之梅，《古典文学知识》1996 年 7 月刊。

〔25〕《晚明山人的文化风貌及文化建构》，张静秋，《安庆师范学院学报》2002 年第 7 期。

〔26〕《晚明布衣诗人程嘉燧研究》，蔡维友，上海大学 2007 年硕士学位论文。

〔27〕《元末明初徽州硕儒汪克宽生平简记》，卢子成，《徽州社会科学》1986 年第 1 期。

〔28〕《朱彝尊学术贡献述评》，朱则杰，《杭州师范学院学报》1993 年第 2 期。

后　记

本书是在我的硕士论文基础上增添、修改完成的，而它的最终呈现包括今日的出版，实由多种机缘促成。

在安徽师范大学读书期间，自己的研究关注点和兴趣点集中在徽州地域文化方面，硕士毕业论文也因此选定晚明徽州籍布衣诗人程嘉燧为研究对象，论文题目为《程嘉燧诗歌研究》。当时的安徽师范大学古籍部为我的论文写作提供了相当的便利。在古籍部埋头查阅古籍的日子，让我开始明白学术研究，尤其是类似古代文学这类需要搜集、征引大量原始文献资料的学科研究，没有捷径可走。整个过程貌似单调枯燥，却也是一种难得的学术历练和积累，让人受益良多，成为我求学生涯中最为难忘的记忆。

2007 年夏，我从芜湖来到合肥，进入安徽省艺术研究院工作。在不短的时间内，面对环境与角色的变化，以及单位的岗位要求与所学专业之间的差异，一度令我倍感迷茫。对于兴趣和研究方向，我是否要坚持下去，心怀疑问。中间又穿插了一些个人事宜，走出这段停滞懈怠期，花费了我数年的时间，不经意间我已毕业并入职 14 年，感谢工作以来几任领导和同事的包容和关照，使我能够虽缓慢但相对从容地工作和生活。《晚明诗人程嘉燧诗歌创作及理论研究》今日的出版，则勉强视为对我之前不曾放弃的鼓励和激励我继续前行的动力之一。

本书的部分章节曾于2009年至2013年之间刊发，收入本书时做了不同程度的修改，部分章节改动幅度较大。

感谢业师俞晓红教授及詹绪左、丁放等教授的悉心指点，都曾为论文选题的确定、完成和修改完善提过诸多宝贵意见。本书的出版编辑，也得到黄山书社向焱老师的热情帮助和认真耐心地校对，在此一并提出感谢。

十八岁离家求学异地，如今身处异乡的时间已长于在家乡生活的年限。感谢父母对自己学业、事业、人生选择上倾尽全力给予的帮衬。先生汪如润，与我大学同窗，颇有学术修为，在学业上对我诸多提点和帮助。这本书从2006年立意之初，就凝聚了他的见解与心力，到现如今的出版，已是我们结婚的第十个年头。十年间相伴走过人生际遇的高低起伏，他始终是我最坚定的支持者。儿子安悦今年开始入读幼儿园，迈出人生独立的第一步，此书也献给正在以惊人速度成长的他，感谢他的到来又给了我们继续学习、成长、进步的理由。

2021年深秋写于合肥徽州大道272号